Sagenhafte Heimat

Soroptimistinnen des Clubs Cochem/ Mosel stellen ihre Lieblingsorte vor

Impressum

Illustrationen: Christoph Anders, Senheim
Bildbearbeitung: © Karin Scheuer, SI-Club Cochem/Mosel
Gesamtgestaltung/Layout: Renate Schmitt, SI-Club Cochem/Mosel
Fotografie: SI-Club Cochem/Mosel, sofern nicht anders angegeben
Wir bedanken uns bei dem GesundLand Vulkaneifel, der Abtei Maria Laach, dem Stadtarchiv Cochem, dem Rheinischen Landesmuseum Trier und der Dir. Landesarchäologie Koblenz für die zur Verfügung gestellten Fotografien.
Druck: Druckerei Möhnen, Cochem 2022

1. Auflage Dezember 2022
www. soroptimist-cochem.de

ISBN: 978-3-00-073453-3

Danksagung

An dieser Stelle sei allen herzlich gedankt, die an der Realisierung dieses Buches gearbeitet haben. Den Autorinnen, den Koordinatorinnen, denen, die das Lektorat und die Korrektur übernommen haben und besonders unserer Fotografin für die Bildbearbeitung, das Titelbild und die meisten unserer Fotografien. Sie hat keine Wege, Kosten und Arbeit gescheut, die Motive zu fotografieren, die die Atmosphäre und damit Charakteristik der jeweiligen Landschaft spiegeln sowie ihre spezifische, originäre Perspektive. Die Gesamtgestaltung und das Layout wurden ebenfalls von einer unserer Clubschwestern erarbeitet.

Als einzigen, extern vom Club geleisteten Beitrag seien hier besonders die Illustrationen von Christoph Anders zu erwähnen, die er speziell für dieses Buch entwickelt hat und die prägend für das gesamte Erscheinungsbild sind.

Neben diesem Engagement der Mitwirkenden sind natürlich unsere Sponsoren zu nennen:
- LAG Mosel; Ehrenamtliches Bürgerprojekt, Kreisverwaltung Bernkastel-Wittlich
- Stadt Cochem
- Verbandsgemeinde Ulmen

Wir bedanken uns ganz herzlich für die Unterstützung und für das Vertrauen in unsere Arbeit in lokalen, regionalen und internationalen Projekten.

SI-Club Cochem/Mosel

Vorwort

… noch ein Sagen- und Mythen-Buch!?
Gibt es nicht schon genug davon?

Doch dieses hier ist ein besonderes:
Zum 20. Gründungsjubiläum erzählen die Frauen des Soroptimist Clubs Cochem/Mosel nicht nur die sagenhaften Geschichten ihrer Heimat neu. Sie beschreiben auch die Orte des Geschehens, zeigen auf den dazugehörigen Fotos die wunderschöne Landschaft von Eifel, Mosel und Hunsrück und inspirieren dazu, in die Vergangenheit einzutauchen und auf den Spuren dieser Geschichten das Land zu erkunden.

So haben 30 Frauen ein gemeinsames Werk geschaffen, in dem sie die Sagen und Erzählungen ihrer Kindheit, herausragende Persönlichkeiten der Heimat, einschneidende Ereignisse und geographische Besonderheiten beschreiben. Passend zu unseren Geschichten finden Sie jeweils Standortbeschreibungen mit Tipps zu Ausflügen und Wanderungen rund um die sagenhaften Orte.

Der Künstler Christoph Anders aus Senheim (Mosel) hat dazu exklusiv eine „sagenhafte“ geographische Karte illustriert, auf der all diese „Lieblingsorte“ zu finden sind. Weitere Zeichnungen sind bei den Texten zu finden.

Viel Spaß beim Entdecken und Wandern!

Dr. Josefa Klötsch
amtierende Präsidentin des SI-Clubs Cochem /Mosel 2020 - 2022

SI-Club Cochem /Mosel

Was bedeutet Soroptimist International?

Soroptimist International (SI) ist eine der weltweit größten Service-Organisationen berufstätiger Frauen. Wir setzen uns ein für die Gleichstellung von Frauen in rechtlicher, beruflicher und sozialer Hinsicht, für ungehinderten Zugang zu Bildung und Ausbildung und gegen Gewalt an Frauen.

Weltweit engagieren sich über 70 000 Mitglieder in mehr als 2900 Clubs. In Europa allein zählt SI 31 500 Mitglieder in 1166 Clubs und in Deutschland sind es 6700 Frauen in 223 Clubs.

Der Club Cochem/Mosel wurde 2003 gegründet und besteht aus 30 Frauen aus der Region, die sich mit ihren Projekten auf lokaler, nationaler und internationaler Ebene für die Gleichstellung von Frauen einsetzen. Mit dem Erwerb dieses Buches unterstützen Sie unsere sozialen Projekte.

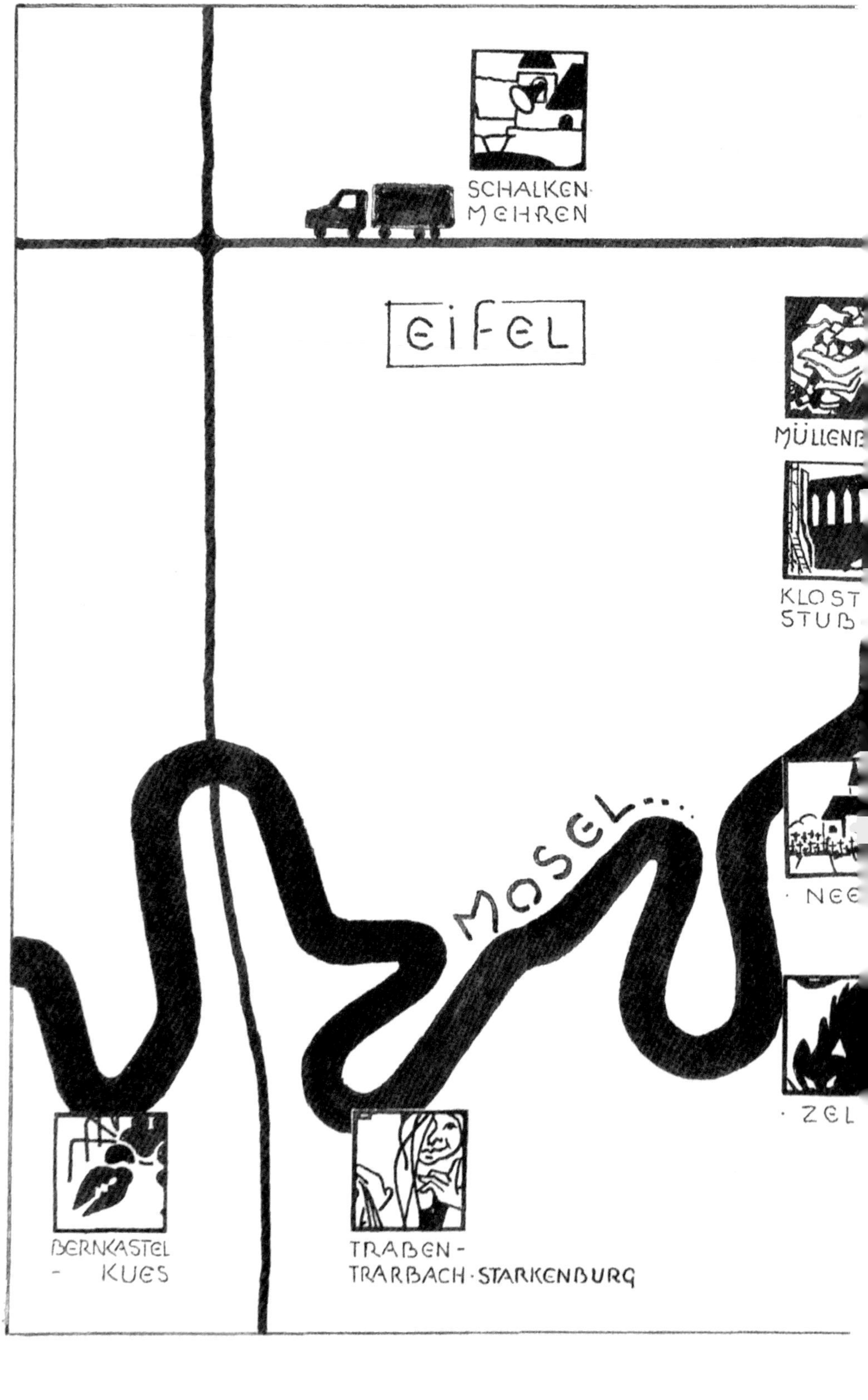
SCHALKEN-
MEHREN
EIFEL
MÜLLENB
KLOST
STUB
MOSEL....
NEE
ZEL
BERNKASTEL
- KUES
TRABEN-
TRARBACH · STARKENBURG

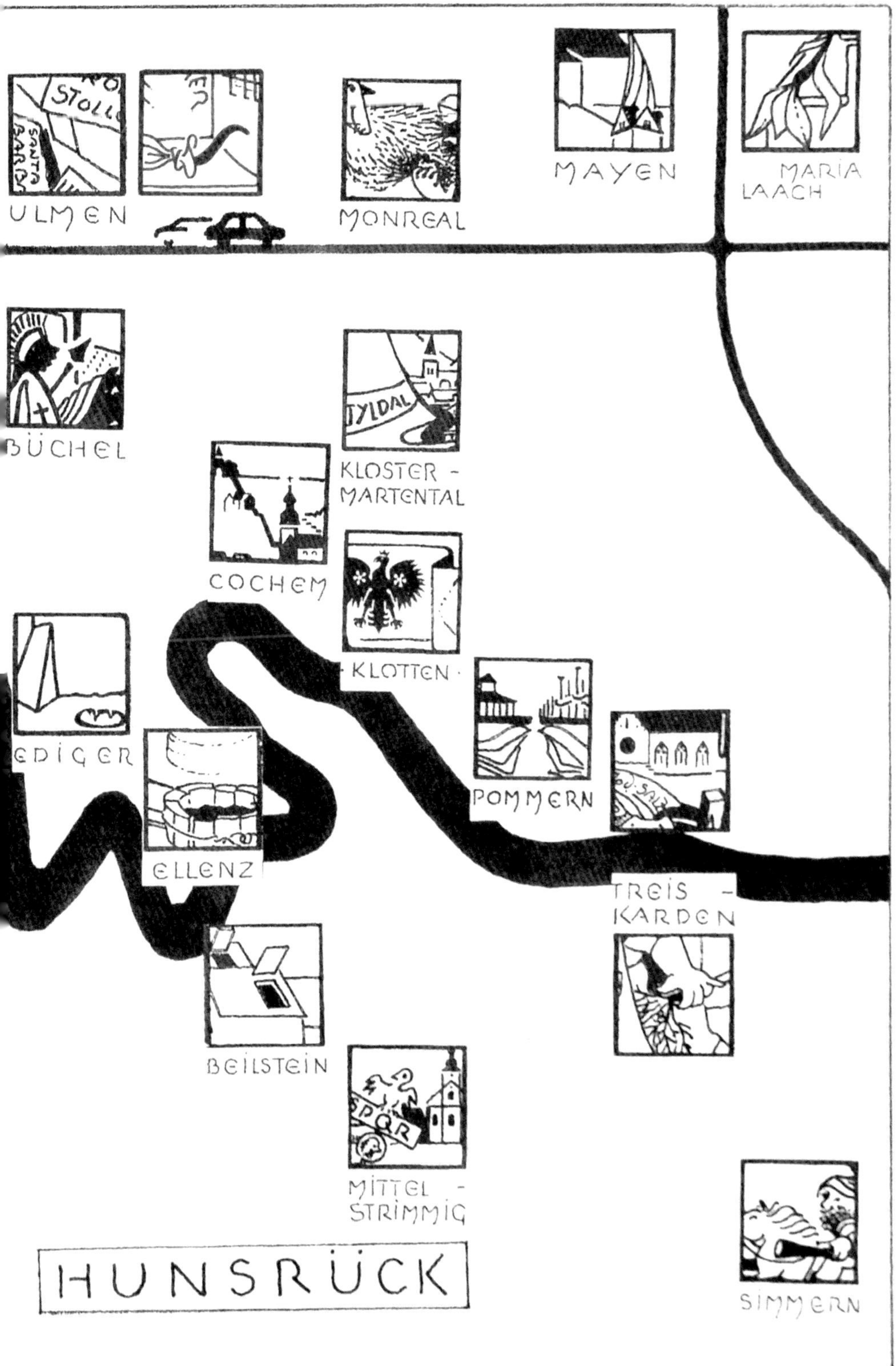
ULMEN
MONREAL
MAYEN
MARIA LAACH
BÜCHEL
KLOSTER-MARTENTAL
COCHEM
KLOTTEN
EDIGER
POMMERN
ELLENZ
TREIS-KARDEN
BEILSTEIN
MITTEL-STRIMMIG
HUNSRÜCK
SIMMERN

Inhalt

BEILSTEIN

BERNKASTEL - KUES

BÜCHEL

COCHEM

EDIGER

MAYEN

SPQR
MITTEL - STRIMMIG

MONREAL

MÜLLENBACH

· NEEF ·

KLOSTER
STUBEN

POMMERN

SCHALKEN-
MEHREN

SIMMERN

TRABEN-
TRARBACH

TREIS -
KARDEN

Sagenhaftes Beilstein Ein Kleinod an der Mosel

Das pittoreske Beilstein hat weniger als 150 Einwohner und wird auch als „Dornröschen der Mosel" bezeichnet - so verträumt wirkt es auf seine Besucher. Alljährlich küssen tausende Touristen die mittelalterliche Schönheit wach. Beilstein hat ein nahezu perfektes historisches Stadtbild: ja - im 14. Jahrhundert wurden Beilstein die Stadtrechte verliehen. Seit Jahrhunderten scheint sich fast nichts verändert zu haben. Bis weit in die Mitte des 20. Jahrhunderts ließ die bittere Armut der Bevölkerung keinen Gedanken an bauliche Veränderungen aufkommen.

Dazu gibt es einiges zu berichten, wie zum Beispiel die Geschichte von Jost Zenz.

Zu Regierungszeiten von Philipp I. von Winneburg und Beilstein (1538-1600) mussten alle Fronbauern ihre Naturalabgaben in Beilstein im Zehnthaus auf dem Marktplatz abgeben. An einem Tag im Oktober 1587 wartete in der Menge auch der Schmied Jost Zenz. Er ärgerte sich so sehr über die Forderungen und Misshandlungen durch die Obrigkeit, dass er seine mitgebrachten Abgaben (Brotlaibe) in den Staub warf. Als der Fronvogt ihn dafür auspeitschte, erschlug Jost den Beamten und floh durch das Stadttor an die Mosel. Er wurde von den Knechten des Fronvogtes und seinen Bluthunden verfolgt. In seiner aussichtslosen Lage entschied sich Jost Zenz für den Freitod in der Mosel.[1]

Beilstein weist viele Spuren jüdischen Lebens auf. Zeitweise war jeder dritte Beilsteiner jüdischen Glaubens. Im ehemaligen Judenviertel am Rande der Bachstraße verfügten einige alte Häuser über aufklappbare Dächer, denn für das jüdische Laubhüttenfest, welches im Herbst statt-

fand, musste eine Woche unter freiem Himmel gefeiert werden. Was also tun, wenn das Wetter nicht mitspielte, wenn es anfing zu regnen, stürmen oder hageln? Deshalb haben sich die jüdischen Bewohner die Konstruktionen der Sukkotdächer ausgedacht, die man während des Festes zum Himmel öffnen bzw. schließen konnte. In der ehemaligen Synagoge befand sich bis vor Kurzem eine Kunstgalerie. Derzeit steht das Gebäude zum Verkauf.

Eine weitere Spur führt zum jüdischen Friedhof, welcher oberhalb der Burg Metternich liegt. Weiterhin sind noch folgende Örtlichkeiten historisch interessant: In der Klapperburg – dort ist heute ein Café mit ca. 500 gesammelten Kaffeemühlen – wurden im Mittelalter die Leprakranken isoliert. Damals mussten die Kranken beim Verlassen des Hauses eine Holzklapper mitnehmen, um sich bemerkbar zu machen, wenn sie gesunden Menschen begegneten.

Bedeutend ist auch die Zwergschule. Sie war u. a. Drehort in dem berühmtesten Film über Beilstein mit Heinz Rühmann: „Wenn wir alle Engel wären“ von 1936. Es gibt einige Einstellungen, in denen Heinz Rühmann die Klostertreppe, ausgehend vom Karmeliterkloster, herunterkommt. Aus dem Grund wird sie als „Filmtreppe“ bezeichnet. In Beilstein kann man sich auf eine faszinierende historische Spurensuche begeben und zugleich Moselromantik pur erleben.

Hoch über dem Ort thront die Burgruine Metternich. Urkundlich wurde sie 1268 als Burg Beilstein erwähnt. Durch Erlöschen der Nachfolge hat die Burg oft die Besitzer gewechselt.

Eine Sage ist besonders bekannt. „Die feindlichen Brüder“

1530 erwarb Philipp von Winneburg die hoch verschuldeten Güter (u. a. Burg Beilstein) vom Erzbischof in Trier. Das Leben auf der Burg Beilstein hätte so schön sein können, wenn nicht zwei seiner Söhne, Philipp und Kuno, stets im Streit gelegen hätten. Bedingt durch den permanenten Zwist zog sich Philipp auf eine Burg ins rheinhessische Alzey zurück. Kuno blieb in Beilstein, misshandelte die Knechte und die Dienerschaft und behandelte seinen weisen, alten Vater sehr respektlos. Um eine bessere Stütze und Pflege im Alter zu haben, nahm der Burgherr die junge Tochter eines entfernten Verwandten zu sich. Mathilde war eine Schönheit und Philipp zu Alzey verliebte sich bei einem Besuch in die schöne junge Frau. Er wollte aber dem Vater nicht seine Pflegerin wegnehmen und unterdrückte seine Gefühle. Ganz anders sein Bruder Kuno. Er stellte Mathilde nach und wollte sie heiraten, was Mathilde mit Verweis auf ihre Liebe zu Philipp zurückwies. Als der Vater überraschend 1583 starb, erklärte Kuno, ohne Rücksicht auf das Testament, Beilstein und die Winneburg zu seinem Eigentum. Philipp zu Alzey, der eigentliche Erbe, hatte große Angst um die geliebte Mathilde, die von Kuno gefangen gehalten wurde. Deshalb sammelte er sein Heer vor Beilstein und gelangte nachts durch die Hintertür, die von Mathilde geöffnet wurde, in den Burghof. Seinen Bruder konnte er entwaffnen und Kuno wurde auf die Winneburg verbannt. Fortan lebten Philipp und Mathilde glücklich auf Burg Beilstein.[2]

Noch eine amüsante Begebenheit zum Schluss. „Der Bürgermeister und der Esel"
Eines Tages besuchte der Trierer Kurfürst Clemens Wenzeslaus (1739-1812) Beilstein. Er wurde feierlich von den Bewohnern empfangen. Als der Bürgermeister mit seiner Begrüßungsrede startete, geschah es, dass im Hintergrund ein Esel seine Missstimmung so laut ausdrückte, dass dem schwerhörigen Kurfürsten die Worte des eigentlichen Redners entgingen. Ob es jetzt an seiner Schwerhörigkeit oder an seiner Schalkhaftigkeit lag – der Kurfürst meinte nur: „Aber meine Herren, einer nach dem anderen!"[3]

Anita Heinze

Quellen:
1)Joseph Schmelzer, Jost Zenz von Beilstein, Nr. 41, S. 139ff. Joseph Schmelzer, Heimatjahrbuch Kreis Cochem von 1926, Informationen vom Ortshistoriker Rainer Vitz
2)Menk, Fr., Des Moselthal´s Sagen, Legenden und Geschichten, Norderstedt 2013, S. 100ff.
3)Alfons Friderichs, Sagen, Legenden und Geschichten im Kreis Cochem-Zell, Weißenthurm 2017, S. 48, Josef Scholl, Heimatbuch des Kreises Zell 1958, S. 110/111.
J. Dünchem, Beilstein, das Dornröschen der Mosel, Nr. 40, S. 132ff.

Empfehlung der Autorin:
Historische Stadtführung mit Rainer Vitz in Beilstein
Schiffstour von Cochem nach Beilstein mit Staustufenschleuse
Wanderungen: Moselsteig, Hängeseilbrücke Geierlay in Mörsdorf, Rundweg zur Pulgersmühle
Radwege entlang der Mosel über die Brücken in Senheim oder Bruttig-Fankel und zurück mit der Fähre
Wanderung von Beilstein zur Burgruine und zum Jüdischen Friedhof

Die schwarze Madonna in der Karmeliterkirche zu Beilstein

Wir sind in Beilstein, der Perle der Mosel. Ein kleiner Ort, der sich von Cochem kommend an der Außenseite einer Kurve des Cochemer Krampens in den Einschnitt einer Bergflanke zwängt.

Die Häuser ziehen sich die Hänge hinauf und auf einer hohen Kuppe ist eine Burgruine, auf einer niedrigeren die Kirche mit angrenzendem, ehemaligem Kloster sichtbar.

Der denkmalgeschützte Ort lädt zum Schlendern durch verschachtelte Häuser und enge Gässchen ein, dessen Mittelpunkt der wie aus Felsen gebrochene, pittoreske Markplatz mit dem ehemaligen Zehnthaus bildet.

Durch eine Nebengasse, über eine 108-stufige Treppe, die schon als Filmkulisse für einen Rühmann-Film diente (Wenn wir alle Engel wären, 1936) erreichen wir die von 1691 bis 1738 erbaute dreischiffige Barock-Kirche der Karmeliter. Ihr Ursprung ist für das Jahr 1311 belegt. In der wechselvollen Geschichte war der Ort mal protestantisch, dann wieder katholisch, es wurde ein Kloster errichtet und wieder abgebrochen, bis die heute aus verputztem Bruchstein erbaute Hallenkirche mit dem Haupt- und den zwei Seitenschiffen entstand.

Auch wenn man nicht gläubig ist, oder einer anderen Religion angehört, ist dieses Bauwerk mit

sehr liebevoll gestaltetem Innenleben einen Besuch wert. Es lädt dazu ein, die wunderschönen Malereien und Schnitzereien zu betrachten, die leise klingende Musik auf sich wirken zu lassen und einen Moment innezuhalten, um Ruhe zu finden.

Besonders genannt sei der 14 Meter hohe Hauptaltar aus Nussbaum-Holz mit Darstellung des Schutzpatrons der Kirche: dem heiligen Josef. Bleiverglaste Fenster aus dem 17. Jahrhundert stellen die Geburt Jesus Christus dar. Als Quelle der szenischen Darstellung diente ein Kupferstich von Peter Paul Rubens. Die imposante Orgelempore mit der Brüstung trägt das Wappen der Karmeliten. Dies ist ein Konvent, der dem Orden der Brüder der allerseligsten Jungfrau Maria vom Berge Karmel angehört. Mitte des 12. Jahrhunderts datiert man im Heiligen Land die Entstehung der Bruderschaft. Schon im 13. Jahrhundert traten auch Frauen in den Orden ein. Bis heute feiert man einen Gedenktag, im Volksmund Skapulierfest, zu Ehren Unserer lieben Frau auf dem Berge Karmel.

In der Seitenkapelle verehren die Gläubigen das Prunkstück der Kirche: ein aus dem 12./13. Jahrhundert stammendes Gnadenbild der Schwarzen Madonna. Diese maurisch-spanische Figur aus dunklem Kastanienholz und mit goldbemaltem Gewand brachten spanische Besat-

zungstruppen im 30-jährigen Krieg an die Mosel. Nach dem Friedensschluss überließen die abziehenden Soldaten die Darstellung der Gottesmutter den Moselanern als Geschenk. Doch bevor sie wirklich ihre heutige Heimat in der Kirche finden konnte, wanderte die Madonna nach Auflösung des Klosters durch viele Hände, bis sie am 13. Juli 1950 in feierlicher Prozession vom Kloster Springiersbach nach Reil gebracht wurde. Von hier aus ging es weiter mit dem Schiff nach Beilstein, begleitet von vielen fahnenschwenkenden und singenden Menschen am Moselufer. Inzwischen befindet sich die Originalfigur in diebstahlsicherem Verwahrsam, während in der Kirche ein naturgetreues Abbild zu sehen ist.
In Deutschland gibt es insgesamt 24 Schwarze Madonnen, denen der Typus der Schwarzen Göttin in Verehrung der Fruchtbarkeits- und Erdmutter vieler antiker Kulturen zugrunde liegt. Ihnen wird eine besondere Mystik zugeschrieben; ihre dunkle Farbe lässt viele Jahrhunderte erahnen, die sie mit Kriegen, Naturkatastrophen und gesellschaftlichen Umwälzungen überstanden haben. Sie sind nicht unnahbar und entrückt, sondern teilen Schicksalsschläge und Freudentränen, die die Gläubigen ihnen vorgetragen haben.
Einmal im Jahr findet – in der Verehrung der „Königin des Friedens" - eine Schiffs-Wallfahrt statt. Die Schwarze Madonna war sogar Namensgeberin für das Schiff „Maria von Beilstein". Mit zwei Chören und einer Blaskapelle feiern viele Pilger während einer kleinen Moselrundfahrt die spektakuläre Rückkehr der Marienkönigin von 1950. Im Anschluss tragen vier MessdienerInnen die Statue in einer Lichterprozession durch den Ort bis hin zur Kirche. Hier wird zum Abschluss das spezielle Lied der Schwarzen Madonna gesungen.

Hella Dax

Quellen:
Heribert Appelhans, Ferienland im Moselkrampen, Geiger-Verlag, Horb am Neckar, 1. Auflage 1996.
Kreisverwaltung Cochem, Schöner Landkreis Cochem, Verlag Gerhard Dokter, Neuwied (Rhein), 1966.
Heinz Held, Die Mosel, DuMont Kunst-Reiseführer, DuMont Buchverlag, Köln, 4. Auflage 1991.
Wikipedia: Schwarze Madonna
Wikipedia: Beilstein

Empfehlung der Autorin:
Von Bruttig kommend Wanderung über den „Rundwanderweg nach Briedern"
Besichtigung der Burgruine
Besichtigung des alten Judenfriedhofs
Kloster-Café mit herrlichem Ausblick

Auf den Spuren von Nikolaus von Kues (1401-1464)

Ganz typisch für die Mosel sind die steilen Weinberge an den Schieferhängen und die strategisch oft unbezwingbaren Burgen, die hoch oben am Felsen thronen. Die Burg Landshut in Bernkastel-Kues wurde im Jahr 993, zunächst als Zollkastell, von Adalbero von Luxemburg erbaut. Wegezölle waren eine beliebte Geldquelle des frühen Hochadels und durch die Verschiffung von Eisen und Wein auf der Mosel flossen diese hier reichlich. Da ein Bär das Wappen Adalberos schmückte, nannte er die Burg „Beros Kastell" (Bärenkastell), woraus sich der Name Bernkastel herleitet. Der Bärenbrunnen weist heute noch auf diese Namensfindung hin. Die ursprüngliche Zollburg wechselte oft den Besitzer. Sie wurde im 13. Jahrhundert niedergebrannt, später zum Schloss umgebaut, fiel 1692 erneut einem Brand zum Opfer und blieb seitdem eine Ruine. Der Aufstieg zur Burg lohnt sich dennoch wegen des grandiosen Ausblicks.

Jahrein, jahraus bevölkern viele Touristen das an der lieblichen Mosel gelegene Bernkastel-Kues. Im historischen Kern von Bernkastel ziert ein herrliches Ensemble von Fachwerkhäusern den malerischen Marktplatz. Das Renaissance-Rathaus und das Spitzhaus sind besonders erwähnenswert. Auf der anderen Seite des Flusses, in Kues, befindet sich das vor 500 Jahren gegründete St. Nikolaus-Hospital, eines der ältesten Altenheime Deutschlands. Das Gebäude gilt als eines der schönsten in mittelalterlicher Baukunst. Außer dem Kreuzgang und der gotischen Kapelle sind

vor allem die Bibliothek und der Konventsaal mit seiner Rokoko-Stuckdecke sehr sehenswert. Der Gründer und Wohltäter des Cusanus-Stiftes, Nikolaus von Kues, erlebte die Fertigstellung des Hospitals nicht mehr. Er wurde 1401 im Steinhaus mit Treppenturm des „Kueser Werths", einer früheren Insel, geboren. Im Cusanus-Geburtshaus kann man sich heute über das Leben des Nikolaus von Kues in einer Dauerausstellung informieren. Sein Vater Johann Krebs (moselfränkisch Crifftz oder Chryffs) war ein wohlhabender Schiffer, Fährmann und Kaufmann, der wünschte, dass sein Sohn Nikolaus in seine Fußstapfen treten solle.[1] Der Junge aber, der schon in jungen Jahren lesen und schreiben lernte und die lateinische Sprache beherrschte, hatte keine Lust, Segel zu flicken, das Schiff zu scheuern oder zu rudern. Lieber widmete er sich den Schriften und las voller Inbrunst in den Büchern. Da Nikolaus Krebs weder Interesse noch Einsatz für die Schifffahrt zeigte, schäumte der Vater vor Wut und schimpfte mit dem undankbaren Sohn. Er soll sogar handgreiflich geworden sein und ihn über Bord in die Mosel geworfen haben. Bis heute nennt man diesen Ort Schmeißgraben. Die kluge Mutter Katharina aber ebnete ihrem Sohn den Weg, der ihn zu einem befreundeten Grafen nach Manderscheid in der Eifel führte. Dieser erkannte die Begabungen des Jungen und beschloss, ihn zu fördern. Er ließ ihn sogar gemeinsam mit seinen Söhnen studieren. Zunächst immatrikulierte Nikolaus sich 1416 in Heidelberg

für ein Studium generale, später folgte das kanonische Recht (Kirchenrecht) an der exzellenten Universität von Padua (1417–1423). Dort schrieb er sich auch in Vorlesungen der Mathematik und Astronomie ein. Seine italienischen Freunde nannten ihn Nikolaus Cusanus nach seinem Geburtsort. Er kehrte als promovierter Jurist (Doktor der Dekrete) in seine Heimat zurück und erfüllte nun alle Voraussetzungen, um in die höchsten Ränge der Gesellschaft aufzusteigen. Als Gutachter und Anwalt trat er in den Dienst des Trierer Erzbischofs und begann das Studium der Theologie und Philosophie in Köln (1425-1428). Nikolaus von Kues wurde vom Erzbischof durch Pfründe unterstützt (Erträge/Sachleistungen aus kirchlichen Liegenschaften oder Vermögen).[2] Es wird ihm nachgesagt, dass er ein Sammler von vielen Pfründen gewesen sei, sich jedoch nie persönlich an diesen bereichert habe, sondern das Geld genutzt habe, um Gutes zu tun.
Der Zeitpunkt der Priesterweihe des Nikolaus von Kues ist nicht bekannt. Eine weitere wichtige Station in seinem Leben war seine Teilnahme am Konzil von Basel (1431–1449), wo er sich an den Reformdiskussionen der Kirche beteiligte und schon bald zu den führenden Köpfen gehörte. Sein wichtigster Beitrag war seine Schrift De concordantia catholica (Über die allumfassende Einheit). Seine Hauptanliegen waren die Einheit von Kirche und Reich sowie die Union der römischen Westkirche und der griechischen Ostkirche. Nikolaus wollte auch den Papst und das

Konzil versöhnen. In Anerkennung seiner Bemühungen zur Einheit der Kirche und seiner Verdienste um die Stellung des Papstes erfolgte 1448 die Ernennung Nikolaus von Kues zum Kardinal der römischen Kirche und er wurde geadelt. Dieses hohe Kirchenamt stand normalerweise nur dem Adel zu. Nikolaus kommentierte seinen Werdegang mit den Worten: „… Und damit alle wissen, dass die heilige römische Kirche nicht auf den Geburtsort und die Abstammung achtet, sondern Tüchtigkeit überaus großzügig belohnt …“[3]

Als Kardinal reiste er im Auftrag des Papstes eineinhalb Jahre kreuz und quer durch Europa. Die Reise sollte die Kirchenreform vorantreiben. Er wetterte u. a. gegen den Missbrauch des Ablasses, den Reliquienhandel und den Wunderglauben, jedoch blieb eine durchgreifende Reform und Erneuerung damals aus.

1450 wurde Nikolaus von Kues zum Bischof von Brixen ernannt, wo er mit heftigem Widerstand durch den Herzog von Tirol zu kämpfen hatte, und wo er, obwohl das für einen Bischof zu jener Zeit nicht üblich war, sich auch persönlich der Seelsorge widmete.

Zum Schluss seiner phänomenalen Laufbahn bekleidete Nikolaus von Kues das Amt des Generalvikars des Papstes in Rom (1459–1464). Er versuchte, auch weiterhin Reformen durchzusetzen, wurde vom Papst jedoch nicht gehört. Er bereiste als weltläufiger Diplomat und päpstlicher Legat weite Teile Europas und verhandelte mit weltlichen und kirchlichen Machthabern. Während einer Reise nach Umbrien (Italien) erkrankte Nikolaus schwer und verstarb am 11. August 1464. An seinem Lebensweg sieht man, dass Nikolaus ein sehr intelligenter und strebsamer Mensch war, der Visionen hatte und recht modern für seine Zeit dachte. Er war Jurist, Priester, Kardinal, Diplomat, Philosoph, Naturwissenschaftler und der erste große Humanist in einer Person und gilt als einer der großen Universalgelehrten der Renaissance.

Kurz vor seinem Tode diktierte Nikolaus von Kues seinen letzten Willen: seine unschätzbar wertvolle Büchersammlung und sein gesamtes Vermögen vermachte er seiner Stiftung, nämlich dem Armenhospital von Kues. Nikolaus hatte einen Bruder, der Priester wurde, und ein oder zwei Schwestern, die kinderlos blieben. Das Vermögen seiner Geschwister floss zum Teil ebenfalls in die Stiftung ein. Nikolaus hatte alles minutiös geregelt. „33 arme, abgearbeitete, unbescholtene Männer über 50 sollten bis an ihr Lebensende im Hospital sorgenfrei leben können: sechs Geistliche, sechs Adlige und 21 Gemeine.“ [4]

Die Anlage, die nie zerstört wurde, bietet auch heute noch alten Menschen, seit 1971 auch Frauen, Unterkunft und Fürsorge. Im Kreuzgang mit seinen schönen Gewölbe- und Maßwerkvariationen sieht man auf dem Schlussstein des Gewölbes das Familienwappen mit dem Krebs.

Auf seinen Reisen durch Europa kaufte Nikolaus zahlreiche Handschriften und Bücher, und er erhielt auch oft kostbare Geschenke. Seine Sammlung, die heute zu den wertvollsten Privatbibliotheken der Welt gehört, enthält Frühdrucke, Handschriften aus dem 9.–15. Jahrhundert und fast 300 handschriftliche Entwürfe seiner Predigten. Sie zeigt auch astronomische Geräte (ein Astrolabium, ein Torquetum und mehrere Himmelskugeln) und das von Nikolaus von Kues selbst erfundene philosophische Globusspiel mit einer Kugel, die eine Delle besitzt.

Das Herz von Nikolaus von Kues ist im Altarraum der Hospitalkapelle beigesetzt, sein Körper jedoch wurde in seiner Titularkirche San Pietro in Vincoli in Rom bestattet. Für das Passionstriptychon der Stiftskapelle in Kues beauftragte Nikolaus einen Schüler des flämischen Malers Rogier van der Weyden. Im Mittelteil des Triptychons kniet Nikolaus in seinem Kardinalsornat unter dem Kreuz, das Bild soll zu seinen Lebzeiten entstanden sein.[5]

Das Cusanus-Stift finanziert sich seit seiner Gründung hauptsächlich durch den Ertrag eigener Weinberge. Der vorzügliche Rebensaft aus Bernkastel-Kues genießt durch seine Spitzenlagen weltweit einen guten Ruf. Berühmt sind der Kueser Kardinalsberg oder der Berncasteler Doctor, Namen, die auf die Geschichte der Stadt Bernkastel-Kues zurückgehen. Über den Kardinal haben wir nun schon viel gehört, aber was hat es mit dem Berncasteler Doctor auf sich? 1360 war der Erzbischof Boemund II. in Bernkastel schwer erkrankt. Die Ärzte hatten ihn aufgegeben, und in seiner Not versprach der Erzbischof demjenigen, der ihm helfen könne, reichen Lohn. Das hörte ein braver Bürger aus Bernkastel und trug sodann ein Fässchen den Berg hinauf zur Burg und begehrte Einlass. Er sagte, er sei der rechte Doktor für den Erzbischof. Als man ihn vorge-

lassen hatte, schlug er einen Hahn in sein Fässchen und füllte für den Erzbischof einen Becher mit goldenem Wein. Boemund II. kostete diesen zuerst vorsichtig, dann trank er den Becher in einem Zug leer. Er verlangte sofort nach einem zweiten mit den Worten: „Ich fühle, davon muss ich gesunden." Tatsächlich ging es dem Erzbischof bald besser und er wurde gesund.[6] Der Wein aber trägt bis heute den Namen Berncasteler Doctor (man beachte die Schreibweise) und wächst moselabwärts von Bernkastel am Südhang. Der Weinberg mit Weltruf ist einer der teuersten Weinlagen weltweit.

Sabine Lorenz

Quellen:
1)Paul Weitershagen: Eifel und Mosel erzählen. Köln 1990. S. 164 und 165.
Josef Fink Kunstverlag. Nikolaus von Kues (1401-1464). Ein bewegtes Leben. Lindenberg 2007.
Dr. Helmut Gestrich: DRK-Sozialwerk Bernkastel-Kues gGmbH. Nikolaus von Kues (1401-1464).

Der große Denker an der Schwelle vom Mittelalter zur Neuzeit. DVD. Bernkastel-Kues 2006.
Rahmel-Verlag. Bernkastel-Kues. Viele Sehenswürdigkeiten entdecken! Mit Übersichts- und Cityplan.
2)Wikipedia s. Pfründe.
3)Josef Fink Kunstverlag, Nikolaus von Kues (1401-1464), Ein bewegtes Leben, Lindenberg 2007, S. 11.
4)Josef Fink Kunstverlag, Nikolaus von Kues (1401-1464), Ein bewegtes Leben, Lindenberg 2007, S. 24.
5)Josef Fink Kunstverlag, Nikolaus von Kues (1401-1464), Ein bewegtes Leben, Lindenberg 2007, S. 27.
6) Gottfried Henßen, Volk am ewigen Strom – Sang und Sage am Rhein, Essen: Westdeutsche Verlags- und Vertriebsgesellschaft, 1935.
Ebenso: Rainer Schlundt, Sagen aus Rheinland-Pfalz, Köln 1983, S. 158.
Ebenso: F. Menk, Des Moselthal's Sagen, Legenden und Geschichten, Norderstedt 2013, S. 152-155.
Ebenso: Paul Weitershagen, Eifel und Mosel erzählen, Köln 1990, S. 162 und 163.
Ebenso: www.dilibri.de/rlb/content/structure/1100504, Nr. 63, S. 69 und 70.

Empfehlung der Autorin: Weihnachtsmarkt in Bernkastel-Kues; Weinfest am ersten Septemberwochenende; Schiffs- und Radtour, Wanderungen Weinmuseum; St. Nikolaus-Hospital (Cusanusstift); Cusanus-Geburtshaus

Was gibt es Neues in der Affäre Ravené? Der Gesellschafts-skandal um den Wiedererbauer der Burg Cochem

Zwei Ereignisse in den 1870er-Jahren prägten entscheidend das Erscheinungsbild der heutigen Stadt Cochem. Die französischen Reparationszahlungen nach dem Deutsch-Französischen Krieg 1870/71 finanzierten den Bau der Moseleisenbahnstrecke. In erster Linie war sie gedacht, um bei zukünftigen Kriegen die deutschen Soldaten schneller zur Grenze nach Frankreich bringen zu können. Sie ermöglichte auch einen wirtschaftlichen Aufschwung, da der Transport des Moselweins und anderer Waren erheblich erleichtert wurde und sich neue Märkte auftaten. Auch das Reisen wurde schneller, bequemer und für das Bürgertum erschwinglich.

Das zweite, für Cochems touristische Zukunft sehr elementare Ereignis war der Wiederaufbau der Burg Cochem durch den Geheimen Kommerzienrat Jacques Frédéric Louis Ravené. Der Berliner Kaufmann entstammte einer Hugenottenfamilie, sein Vater Louis Pierre hatte durch den Import von Eisenbahnschienen aus England viel Geld verdient, bevor diese bei der Firma Krupp hergestellt werden konnten. Der Groß- und Einzelhandel mit Stahl und allen erdenklichen Waren aus Eisen wurde von den folgenden drei Generationen bis zum Ende des 2. Weltkrieges erfolgreich fortgeführt. Am 16. September 1868 erwarb Louis Ravené die Ruine der Burg vom preußischen Domänenfiskus mit Erlaubnis von König Wilhelm. Mit dem Kaufvertrag waren Auflagen verbunden: Der Wiedererbau nach altem Vorbild; als Vorlage diente der Kupferstich von Georg Braun und Frans Hogenberg aus dem Jahr 1576, den Ravené bei seiner ersten Anfrage beim Finanzminister, als dieser bei der Taufe des Ravené-Sohnes als Gast geladen war, selber vorgelegt hatte. Das Burgplateau sollte für Besucher jederzeit frei zugänglich bleiben und eine Besichtigung von Innenräumen immer in den Monaten gestattet sein, in denen der Burgbesitzer nicht dort wohnte. Bei Anwesenheit der Ravenéfamilie wurde der Bergfried zukünftig weithin sichtbar beflaggt. Ein

Burgwart kümmerte sich das ganze Jahr um die Gäste und ermöglichte den Zutritt. Im ersten Jahr nach dem Kauf wurde nur Schutt geräumt. Danach wurde das Hochschloss mit den Privaträumen durch den befreundeten Berliner Architekten Hermann Ende errichtet. Für alle weiteren Anbauten gewann Ravené den Kölner Stadtbaumeister Julius Carl Raschdorff. Aufgrund dessen herausragender Gestaltung der Burg erhielt er die Berufung nach Berlin und den Auftrag, den Berliner Dom zu vollenden. Ravené richtete die erste Etage unter seinen Privaträumen in erster Linie für Besucher ein. In Berlin war er einer der Gründer des Kunstgewerbemuseums und der Kunstgewerbeschule, die Gesellen aus dem gesamten Reichsgebiet das Beste aus allen historischen Kunstrichtungen vermitteln sollte. So sind auch heute noch die Besucherräume zu verstehen, die sich an kunstgeschichtlichen Vorbildern anlehnen: der Renaissance-Speisesaal, die gotische Kemenate, der barocke Rittersaal und die neugotische Kapelle. Äußerlich ähnelt die Burg sehr dem alten Stich. Der Abschluss des Wiedererbaus der Burg und der Durchstich des Kaiser-Wilhelm-Eisenbahntunnels zwischen Cochem und Eller wurden mit einem gemeinsamen Festessen der Verantwortlichen am 15. Mai 1877 auf der Burg gefeiert. Die Gartenanlage, die sich in Serpentinen über den gesamten moselseitigen Burgberg bis zum mittelalterlichen Stadttor, dem Martinstor, zieht, hat der Garten- und Pflanzenliebhaber Ravené eigenhändig entworfen. An der Mosel unterhalb des Stadttores liegt der sogenannte Eiskeller der Burg, es ist eigentlich ein Eishaus. Durch die Erfindung der künstlichen Kälte durch Carl Linde war es aber schon kurze Zeit

später nicht mehr nötig, Natureis einzulagern. Die am Castellum, einer größeren Treppenanlage am spitzen Ende einer Gartenweg-Serptentine, außen angebrachte und weithin sichtbare Initiale E ist der Anfangsbuchstabe des Rufnamens seiner Frau: Elisabeth. Dass die Burg sehr bald nach Vollendung zur weithin bekannten Attraktion geworden war, zeigt der Besuch des schwedischen Königs im Jahr 1881. Während seiner Kur in Bad Ems fuhr er privat mit dem Zug nach Cochem. Die Stadtverantwortlichen zeigten sich laut „Cochemer Zeitung" enttäuscht, dass man durch die fehlende Ankündigung am Vortage keine Gelegenheit erhalten habe, den hohen Gast dementsprechend zu empfangen.

Der Berliner Scheidungsskandal

Jacques Frédéric Louis Ravené (1.6.1823 - 28.5.1879) und seine Frau Therese Elisabeth Emilie von Kusserow (12.1.1845 - 21.3.1912), die Tochter eines geadelten Offiziers, verkehrten in den höchsten gesellschaftlichen Kreisen in Berlin, zuweilen sogar bei Hofe. Thereses ältere Schwester, deren Ehemann die größte Privatbank des Kaiserreiches besaß, vermittelte ihrer jüngeren Schwester die „gute Partie" mit dem 22 Jahre älteren Kommerzienrat Ravené. Sie heirateten 1864. Ihre Tochter Else wurde 1865 geboren, es folgten Sohn Louis Ferdinand Auguste (1866) und Tochter Amélie

(1868). Ravené war ein Kunstkenner und -käufer, er erweiterte die Gemäldesammlung, die sein Vater begonnen hatte. Die private Gemäldegalerie füllte die dritte Etage seines Geschäftshauses und konnte, wie schon bei seinem Vater, an einigen Wochentagen besichtigt werden und zählte für Einheimische und für auswärtige Stadt-Besucher zu den Berliner Attraktionen, lange bevor es offizielle Kunstmuseen in der Stadt gab. Therese hatte, wie es damals im gehobenen Bürgertum üblich war, auch eine musikalische Erziehung genossen. Mit ihrer guten Mezzosopranstimme hatte sie Konzertreife erreicht und trat Zeit ihres Lebens gelegentlich auf Wohltätigkeitsveranstaltungen auf. Während des Deutsch-Französischen Krieges 1870/71 erlernte sie die Krankenpflege und erhielt als Dank für ihren regelmäßigen Einsatz im Lazarett einen Orden vom Kaiser. Das Familienleben fand abwechselnd in der Stadtvilla und der Sommervilla in Berlin-Tiergarten mit einem großen Palmenhaus im Garten statt. Nach dem Kauf der Burg Cochem wurde dort zuerst das zentrale Wohngebäude samt Kinderzimmer und Räume für die mitreisenden Angestellten errichtet, um schon während der Bauphase den familiären Sommersitz an der Mosel zu nutzen. Doch das Leben entschied anders. Therese und der Ravené-Hausgast Gustav Simon, ein junger Bankier aus Königsberg, verliebten sich. Sie waren zudem bei der gleichen Benefizveranstaltung bei Hofe aufgetreten, Gustav war ein begabter Bratschist. Im Palmenhaus kam es dann „zum Äußersten". Therese wurde schwanger und beschloss, ihr ganzes bisheriges Leben zurückzulassen, was auch bedeutete, ihre drei Kinder zu verlieren. Das Paar floh 1874 in die Schweiz. Ravené reiste zu einem Versöhnungsversuch hinterher und wollte das werdende Kind als seines anerkennen. Nach ihrer deutlichen Absage willigte er in die Scheidung ein. Für die zurückgebliebene Familie begann ein Spießrutenlaufen. Wochenlang beherrschten die Trennungsumstände und die nachgiebige Zustimmung zur Scheidung den Berliner Klatsch, der Gesellschaftsskandal war perfekt. Selbst Bismarck fragte seinen Kammerdiener jeden Morgen: „Was gibt es Neues in der Affäre Ravené?" Bismarcks Tochter war gerne Gast bei den Ravené-Bällen gewesen. Thereses Schwester, die die Ehe eingefädelt hatte, fühlte sich gesellschaftlich tief gedemütigt, diese verzieh ihr den Bruch mit den damaligen Konventionen nie mehr und untersagte ihr später jede Kontaktaufnahme mit den verlassenen Kindern und fing sogar Thereses Briefe ab. Nach der Geburt von Tochter Olga heiratete das neue Paar und zog nach Königsberg. Sie bekamen noch weitere acht Kinder. Olga und eine weitere Tochter starben früh, diesen Verlust sowie die unüberwindbare Trennung von ihren ersten drei Kindern betrachtete sie Zeit ihres Lebens als Strafe für ihre Entscheidung, die frühere Familie durch ihren Weggang tief verletzt zu haben. Sie engagierte sich jahrzehntelang in Stiftungen für Kinder und Mädchen. Die große musikalische Familie Simon war bekannt für ihre Hauskonzerte. Die geachtete Bankiersgattin Therese starb im Jahr 1912 und an ihrer Beerdigung nahm halb Königsberg teil. Zu diesem Zeitpunkt war Ravené bereits über 30 Jahre tot. Er war mit nur 56 Jahren während einer Kur in Marienbad am 28. Mai 1879 gestorben. Die beiden Mädchen lebten danach bei ihren Tanten, der 13-jährige Sohn Louis Ferdinand Auguste wurde von Paul Harder, dem Prokuristen der Firma Ravené, aufgenommen, um ihn auf die Firmennachfolge vorzubereiten.

Der Autor Theodor Fontane, der vor allem durch seine „Wanderungen durch die Mark Brandenburg" bekannt war, nahm den Ravené-Skandal zum Anlass, einen Gesellschaftsroman zu schreiben. In seinen Notizen fand sich die Zeitungsannonce zur Palmenversteigerung aus dem Nachlass Ravenés. Dieser war als Pflanzenkenner in der Fachwelt anerkannt, eine Palmengattung wurde posthum sogar nach ihm benannt; die Ravenea. Im Juni und Juli 1880 erschien Fontanes Novelle in zwei Teilen in der Monatszeitschrift Nord und Süd. Ravené wird darin zum Kommerzienrat Ezechiel van der Straaten, der das Tintoretto-Gemälde „L`Adultera", also „Die Ehebrecherin" als Kopie in Venedig für seine Gemäldegalerie anfertigen lässt. Es gibt im Roman neben der Galerie

auch eine Villa im Tiergarten. Fontane deutet einen Ehebruch im Palmenhaus an. Die Parallelen drängten sich dem kundigen Leser förmlich auf. Die Sympathien des Autors lagen eindeutig bei seiner Protagonistin, die im Roman innerlich bereits auf Abstand zu ihrem Ehemann gegangen ist und sich in der Gesellschaft mitunter für ihn schämt. Fontane betitelte seine erste Veröffentlichung nach ihr: „Melanie van der Straaten". Nach dem Erscheinen hagelte es Kritik, man warf Fontane vor allem Indiskretion vor und Respektlosigkeit gegenüber einem Verstorbenen und dessen Familie. Die Forschung ist sich nicht einig, wie weit die charakterliche Darstellung der Personen der Wirklichkeit entsprach. Fontane verteidigte sich noch Jahre später, er habe die Ravenés persönlich gar nicht gekannt, nur einmal im Theater gesehen. Er hätte nur das Lied gesungen, was ohnehin alle Spatzen von den Berliner Dächern gezwitschert hätten. Ein entscheidendes Detail verschwieg er dabei lieber; seine Frau war eine gute Freundin von Frau Harder, deren Mann lange für Ravené gearbeitet hatte und der die Firma vorübergehend leitete und in deren Haus der Ravené-Sohn nun lebte. An intimen Informationen wird es Fontane folglich nicht gemangelt haben. Es dauerte zwei Jahre, bis ein Verleger bereit war, den umstrittenen Roman als Buch herauszugeben. Dieser bestand jedoch darauf, den Titel in das doppeldeutige „L´Adultera" zu ändern, „Die Ehebrecherin" konnte sich somit auf das Gemälde oder Melanie van der Straaten beziehen. Fontanes später entstandene zweite Verarbeitung eines realen Ehedramas (1895) gilt als Höhepunkt des „poetischen Realismus" und ist bis heute Schullektüre. Während Melanie van der Straaten nach der Trennung ihr Glück findet, leidet die Protagonistin in „Effi Briest" an Einsamkeit und stirbt jung, ihr Geliebter wird beim Duell getötet. Vielleicht verstanden die damaligen Leser diesen Ausgang als das gerechtere Ende für eine untreue Frau.

Louis Ferdinand Auguste heiratete seine Jugendbekanntschaft Martha, die Tochter des Burgarchitekten Ende, sie bekamen zwei Söhne und drei Töchter. Louis kaufte 1892 das Schloss Marquardt am Schlänitzsee nahe Potsdam als weiteren Sommersitz. Er veranlasste stilistische Umbauten in der Burg Cochem, ab 1909 gab es sogar fließend warmes Wasser in den Wohnräumen, auch für die Angestellten. Er wurde wie schon sein Vater Ehrenbürger der Stadt Cochem. Sein jüngster Sohn Enno litt an den Folgen seiner Teilnahme am Ersten Weltkrieg und erschoss sich 1919 auf Schloss Marquardt. Martha starb im Januar 1932, im gleichen Jahr wird Schloss Marquardt an die Kempinski-Hotel-Gruppe verpachtet. Ravené heiratete noch einmal. 1942 verkaufte er die Burg an das Deutsche Reich. Er starb im Januar 1944. Sein Sohn und Firmennachfolger Louis Peter brachte sich aus dem umkämpften Berlin in Sicherheit. Er wollte das Kriegsende in Holzminden abwarten. Am 3. April 1945 verirrte sich dorthin ein amerikanisches Flugzeug, es fiel eine Bombe, ein Haus wurde getroffen, es gab einen Toten: Louis Peter Ravené. Die männliche Linie war damit ausgestorben. Sein Zinksarg steht neben den Särgen seiner Eltern und eines Schwagers in der Gruft der evangelischen Kirche vom Dorf Marquardt, die im Jahr 1900 von den Ravenés gestiftet

worden war. Nachfahren seiner Schwestern Charlotte und Brigitte leben heute in Kanada und Österreich, Ursula blieb kinderlos. Der Westberliner Teil der Firma wurde Teil der Ravené Possehl Stahl GmbH. Die Grundsteinkassette mit vielen Fotos zur Familien- und Firmengeschichte aus dem kriegszerstörten großen Geschäftshaus in der Wallstraße wurde beim Abriss durch die DDR Anfang der 1970er-Jahre aufgefunden und dem Märkischen Museum übergeben.
Die Grabstelle des Burgerbauers mit seiner sitzenden Bronzefigur auf dem Friedhof der Französischen Gemeinde in Berlin wurde von der DDR abgerissen und nach der Wende wieder lokalisiert. Sie befindet sich in der Sichtachse zum Haupttor unweit des prächtigen Grabes seines Vaters, der dort als Schlafender unter einem Baldachindach verewigt ist, und des schlichten Kreuzes seines Großvaters. Die Stadt Cochem ließ von der Ravené-Büste, die im Rittersaal der Burg steht, einen Abguss nehmen, auf einer Stele mit Dankeswidmung für den Wiederaufbau der Burg ziert sie nun seine Grabstelle in Berlin. Ein weiterer Abguss des Kopfes wurde in einem von Cochemern gestifteten Denkmal vor der Berufsschulturnhalle in der Cochemer Ravenéstraße aufgestellt. Das größte Denkmal aber hat Ravené sich selber gesetzt und es ist weltweit bekannt: die heutige Burg Cochem verdanken wir ihm.
Am 5. Mai 1978 erwarb die Stadt die Burg Cochem von der Bundesrepublik Deutschland. Die „Burg der Bürger“ wird seitdem bei Führungen und Veranstaltungen stark frequentiert.

Petra Lambertz

Quellen:
Cochem Mosel, Geschichte und Gegenwart einer alten und historischen Weinstadt, [Buch zur 650. Jahrfeier] Hrsg. Stadt Cochem 1982.
Theodor Fontane, L`Adultera, Novelle, Universal-Bibliothek Nr. 7921, Philipp Reclam Stuttgart 1983.
Elke Lutterbach, Reichsburg Cochem, Ritterburgen Band 4. J. P. Bachem Velag, Köln 2013.
Therese Wagner-Simon, Das Urbild von Theodor Fontanes „L`Adultera“, Stapp Verlag, Berlin 1992. Die Autorin war eine Enkelin aus der zweiten Ehe von Frau Ravené.

Empfehlung der Autorin:
Eine Führung durch die Burg Cochem: die Innenräume sind in verschiedenen kunstgeschichtlichen Stilen eingerichtet. An einigen Freitagen und Samstagen in der Saison führt die „Dienstbotentour anno 1877“ in die sonst verschlossenen Privaträume der Ravenés. Man erfährt viel über die Wohnkultur und Lebensart des Kaiserreiches im ausgehenden 19. Jahrhundert. In diesen Zimmern befindet sich auch die Dauerausstellung mit Ravené-Familienportraits sowie Fotos der verschiedenen Berliner Geschäftshäuser und die architektonischen Lithographien zum Burgwiederaufbau. Alle Informationen zu Führungen, der Ritter-Gasterey und jährlichen Veranstaltungen auf www.reichsburg-cochem.de.
Zum Lesen von Fontanes „L`Adultera“ ist jede kommentierte Ausgabe, die die Entstehungsgeschichte behandelt, empfehlenswert.

Die doppelte Maria und der Cochemer Kapuzinerpater Ein schreibender Mönch als Bestsellerautor

Einige Orte in Cochem erinnern an den berühmtesten Sohn der Stadt, der seinen Geburtsort stets im Namen führte und mit seinen Büchern über die Grenzen hinaus bekannt machte: Pater Martin von Cochem (13. Dezember 1634 – 10. September 1712). 1934, zum 300. Geburtstag, schuf der Trierer Bildhauer Anton Nagel die lebensgroße Statue des Paters für die Außenmauer des Alten Chores an der Pfarrkirche St. Martin. Derselbe Bildhauer gestaltete in den darauffolgenden Jahren auch das heutige Reiterstandbild auf dem Marktbrunnen und den Bockbrunnen moselseitig vor der Kirche.[1] Das Gymnasium unterhalb der Burg Cochem und der große Veranstaltungssaal im ehemaligen Kirchenschiff des heutigen Kulturzentrums Kapuzinerkloster tragen den Namen Martin von Cochem. Die Liniusstraße, die zum alten Stadttor und zur Thorschenke hinführt, ist nach seinem Familiennamen benannt. Dort stand sein Geburtshaus. Da sich im Nachfolgegebäude bei den Feierlichkeiten zum 350. Geburtstag im Jahr 1984 zum damaligen Zeitpunkt eine Nachtbar befand, wurde die Gedenktafel von der Stadt kurzerhand am Haus rechts daneben angebracht.

1623 erteilte der Kurfürst Lothar von Metternich den Kapuzinern die Erlaubnis, ein Kloster in Cochem zu errichten, er schenkte dem Orden dazu sein Gelände mit der alten Burg Kemplon. Dieser mittelalterliche Wohnturm durfte dafür abgerissen werden. Ebenso schenkten Cochemer ihre umliegenden Gärten. Der heutige linke Friedhof war einst der große Klostergarten zur Selbstversorgung mit Obst und Gemüse und einem Kräuter- und Heilpflanzenanbau. Das Stifter-

ehepaar Johann Jacob von Eltz und Maria Elisabeth von Metzenhausen von der Burg Kempenich finanzierten den gesamten Bau des Konvents mit einem Krankensaal sowie die Klosterkirche. Nach zehnjähriger Bauzeit erfolgte die Weihe am 18. Juli 1635. Die Kapuziner predigten auch in den Gottesdiensten der Pfarreikirche, nahmen Beichten ab und unterhielten eine Lateinschule. Der Rückhalt und die Akzeptanz des Klosters durch die Stadtbewohner waren immer sehr groß, bis zur Säkularisation 1802 gab es allein aus Cochem 70 Ordenseintritte. Linius, der Sohn eines Cochemer Hutmachers, der aus Bernkastel stammte, war bei seinem Eintritt am 2. März 1653 bereits der 17. Novize aus Cochem. Er erhielt den Ordensnamen Martin nach dem Schutzpatron der Stadt und der Pfarrkirche, dem heiligen Martin. Seinen Taufnamen kennen wir nicht, die Kirchenbücher gingen bei der Zerstörung von Cochem 1689 verloren. Er könnte, wie viele Jungen der Familie Linius, nach Vater oder Onkel benannt worden sein, eventuell hieß er also Matthias oder Friedrich. Sein theologisches Studium absolvierte er im Orden in Köln, Mainz und Aschaffenburg. Nach seiner Priesterweihe wurde er selber Seminarleiter in Mainz. Dort erhielt er 1666 den Auftrag, einen Katechismus für Kinder in der Frage- und Antwortform zu verfassen. Dieses Büchlein war derart klar und verständlich formuliert, dass es im Bistum Mainz für Jahrzehnte verbindlich blieb. Sein Kölner Verleger erkannte sein besonderes Schreibtalent und forderte vom Orden, Martin für die Schriftstellerei freizustellen. Dazu kam es nie, im Gegenteil: ihm stand ein sehr arbeits- und reiseintensives Leben bevor. Pater Martin wurde vom Orden in immer neue Gemeinden versetzt, um dort als Pfarrprediger, Katechet, Beichtvater in der Seelsorge oder als

Missionar in protestantischen Gegenden zu wirken. In späteren Jahren bereiste er auch als Visitator die Bistümer Mainz und Trier, um in den Gemeinden nach dem Rechten zu sehen oder um bestehende Streitigkeiten beizulegen. Drei ruhigere Jahre bei seinen Kapuzinerbrüdern in Königsstein ließen ihm die Zeit, wieder mit dem Schreiben anzufangen. Als Ergebnis erschien 1677 sein bekanntestes und literarisch bedeutendstes Werk, das „Leben Christi". Hierin erzählte er das biblische Geschehen mit eigenen, bildlich-plastischen Worten nach, die die zahlreichen Leser tief berührt haben müssen. Er nannte es im Titel „ein sehr andächtiges/nützliches und tröstliches Büchlein", eine typisch barocke Untertreibung, denn es umfasst über 1.000 Seiten. Der Erfolg war unbeschreiblich. Siebenmal hat er es in Folge überarbeitet, zu seinen Lebzeiten erschienen bereits 40 Auflagen. Es wurde über 220 Jahre lang neu aufgelegt, bis zum Anfang des 20. Jahrhunderts sind insgesamt 177 Auflagen bekannt. Unautorisierte Nachdrucke erfolgreicher Werke waren nicht selten und trafen auch Pater Martin. Sein Hauptverleger ließ auf einem Markt zufällig entdeckte, illegale Ausgaben sofort konfiszieren. Im 17. und 18. Jahrhundert war die Anschaffung eines religiösen Buches wegen der Kosten für viele Familien ein besonderes Ereignis, oft blieb es das einzige Buch im Haus, wurde mehrfach gelesen oder vorgelesen und dann vererbt. Eine berühmte Leserin der Bücher Pater Martins war die stigmatisierte Nonne Anna Katharina Emmerick. Clemens Brentano besuchte sie von 1819 bis zu ihrem Tod 1824 regelmäßig in Dülmen und notierte ihre Visionen und schrieb Bücher darüber. Viele Details darin ähneln den Schilderungen Pater Martins. Vielleicht hat Martin sogar indirekt die Verfilmung „Die Passion Christi" von 2004 beeinflusst, denn Mel Gibson nennt die Visionen der Nonne als seine wichtigste Quelle.

Martin verfasste als Auftragsarbeit für Bistümer oder Wallfahrtsorte im Laufe seines Lebens verschiedene Gebetbücher und überarbeitete ein Mainzer Gesangbuch. Seine zunehmende Berühmtheit und seine daraus erwachsende Sonderstellung fand im Orden nicht nur Freunde: Neid und Missgunst waren seine ständigen Begleiter, wie wir im Folgenden sehen können. Seine Predigten hat er wohl nicht immer schriftlich vorbereitet, sprach lieber frei heraus und vermutlich ohne die im Barock üblichen, verschachtelten Sätze. Mit seiner leutseligen, moselländischen Art war er bei den Gläubigen beliebt. Auf dem Provinzkapitel in Mainz wurden 1684 mehrere Beschwerden gegen ihn erhoben. Er sei ungehorsam und respektlos gegen die Oberen der Klöster und entscheide zu viel eigenständig. Er solle sich mehr auf seine Predigten konzentrieren, Zuhörer hätten den Eindruck, er wäre wenig bis gar nicht vorbereitet. Katechesen und Versammlungen in späten Abendstunden hätten zu unterbleiben und er möge weniger mit Frauen reden. Hauptvorwurf Nummer 1 aber war: Er solle möglichst keinen Wein mehr trinken. Damals wie heute kein Satz, den ein Moselaner wirklich ernst nehmen könnte. Sein Orden hatte es sicher nicht immer leicht mit ihm, Martin dagegen schien auch einiges wegstecken zu können, konfliktscheu war er jedenfalls nicht. 1692, im Kloster Günzburg an der Donau, ging sein Temperament auf der Kanzel mit ihm durch, er kritisierte vehement die vom Augsburger Fürstbischof geneh-

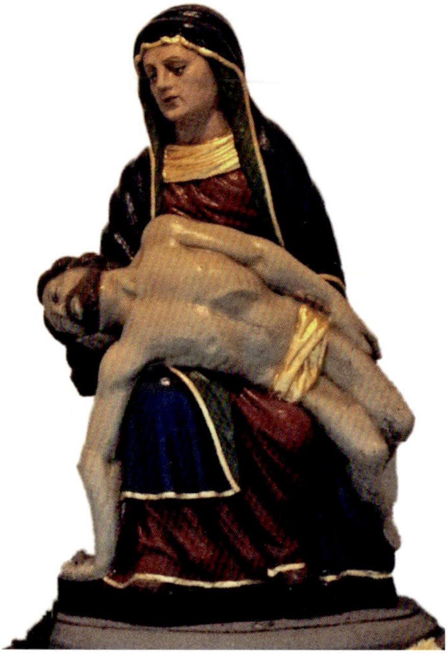

links: Pietà am Martinstor

Mitte: Pietà in Trier, © GDKE Rheinisches Landesmuseum Trier, Foto: Th. Zühmer

rechts: Pietà in St. Martin

migten Fastenerleichterungen. Die schockierten, dortigen Kapuziner wollten ihren rheinischen Gast deswegen im hohen Bogen hinauswerfen. Der Fürstbischof selber verübelte ihm den Widerspruch nicht. Die Familie mochte Pater Martin. Seiner Mutter, der Kurfürstin, hatte Martin drei seiner Bücher gewidmet. Diese konnte die Wogen noch einmal glätten. Das Predigtverbot blieb aber bestehen.

Autoren erhielten in der Regel kein Geld und wurden mit ein paar Freiexemplaren abgespeist. Als selbstbewusster, erfolgreicher Autor verhandelte Martin bessere Konditionen für sich aus. Die Verlage wollten ihren Umsatzbringer nicht verlieren, schlugen neue Buchideen vor, versorgten ihn mit ausländischen Literaturvorlagen, die er für die deutschen Leser überarbeiten sollte. Mit seinen Historien- und Heiligenlegenden machte er vor allen die Geschichte der „Genoveva" im deutschen Sprachraum populär. Die Verbindung zur Cochemer Familie brach nie ab, je ein Brief an seine Schwester und an seine Nichte sind erhalten geblieben. Auch unterstützte er die Familie öfter mit Geld aus seinen Autorenhonoraren. In einem seiner Vorworte schrieb er liebevolle, lobende Worte über seine Heimatstadt. Von 1693 bis 1696 wechselte er in die böhmische Ordensprovinz nach Prag. Dorthin lässt er seine Schwester aus dem kriegszerstörten Cochem für einige Zeit nachkommen. Wegen seiner finanziellen Zuwendungen an die Familie war der nächs-

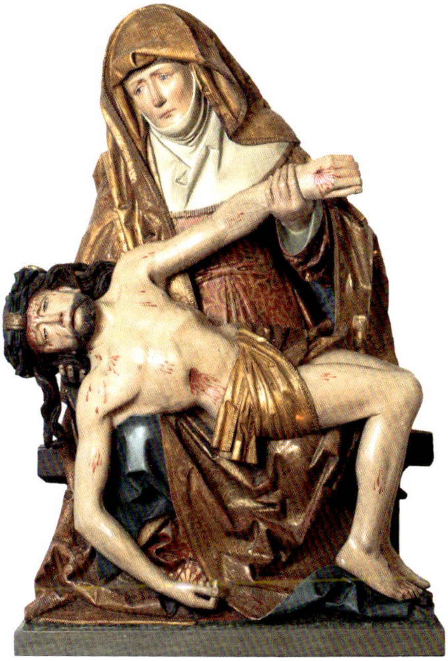

te Ärger vorprogrammiert. Ein Mönch, der sein Armutsgelübde ernst nimmt, wäre wohl kaum in der Lage, noch Verwandte „durchzufüttern". Diesen Vorwurf musste er sich öfter gefallen lassen. In seinem Buch von 1750 zur Geschichte des rheinischen Kapuzinerordens erinnert sich der Chronist, dass er als junger Mönch von Pater Martin sehr beeindruckt war, vor allem von dessen tiefer Frömmigkeit und wie wichtig diesem die Eucharistiefeier gewesen war. Zu diesem Thema schrieb Martin in Prag das Buch, das die weiteste Verbreitung erfuhr; die „Erklärung der heiligen Messe". Mit den Übersetzungen in andere Sprachen sind mehr als 400 Auflagen aus drei Jahrhunderten bekannt. Aus dem einstigen Bestseller ist ein Longseller geworden. Die englische Übersetzung wird noch heute in Amerika in immer neuen Taschenbuchausgaben herausgegeben. Sein gesamtes schriftstellerisches Werk umfasst 30 unterschiedliche Titel. Alle dienten dem Zweck, durch die Lektüre die Volksfrömmigkeit zu fördern und zu erhalten. Martin starb mit 75 Jahren an den Folgen eines Treppensturzes im Kloster Waghäusel und wurde auch dort begraben.

Martins Geschenk an seine Heimatstadt

Am 26. und 27. August 1689 war Cochem im Pfälzischen Erbfolgekrieg von den französischen Truppen weitgehend zerstört worden. Viele Cochemer starben, auch nach der Flucht in das Ka-

Der Traubendieb: Cochems berühmtester Rechtsfall

Welcher Prozess in alter Zeit hat einen solchen Eindruck hinterlassen, dass man ihn vor über 80 Jahren in Bronze verewigen und als Schmuckbrunnen zur Verschönerung des Stadtbildes auf dem Platz vor der Pfarrkirche St. Martin aufstellen ließ? Die Kurzfassung ist an den vier Seiten des quadratischen Brunnenbeckens in Stein gemeißelt:

Weiße Trauben fraß der Bock
In der Kelter soll ers büßen
Roter Saft floss in den Trog
Seine Unschuld war erwiesen

Im Rathausfoyer hängt ein großes Gemälde, das denselben Vorfall noch etwas drastischer darstellt. Der Ziegenbock liegt in einer großen Holzkelter. Der Richter in weißer Perücke verkündet das Urteil, fünf weitere Personen, darunter der Geschädigte und der Besitzer des Bockes, sind ebenfalls zu erkennen. Der in München ausgebildete Künstler Albert Christ, der in Cochem-Sehl wohnte, hat in den 1930er-Jahren zahlreiche Motive von Cochem in Öl gemalt. Er integrierte folgende Zeilen in sein Bild, in seiner Version ist der Bock nicht unschuldig.

Weil du deinen Hirten hast verlaßen
Und durchloffen verbotene Straßen
Auch Trauben gefressen als ein Dieb
So nimm mit dieser Straf vorlieb
Den Schaden sollest uns teuer ersetzen
Der Schneider Math. soll sich ergetzen
An diesem ausgepreßten roten Wein
Ihn trinken und dabei recht fröhlich seyn (Cochem 1774)

Diese Jahreszahl verweist auf die alte Rechtsprechung, die bis zur Einführung des Code civil durch Napoleon 1804 auch für Cochem galt. Die 1532 als Reichsstrafrecht von Kaiser Karl V. eingesetzte Constitutio Criminalis Carolina wurde 1562 vom Kurfürst Johann von der Leyen für sein Herrschaftsgebiet Kurtrier, und damit auch für Cochem, eingeführt. Es gab darin den seltenen Sonderfall, dass auch Tiere vor Gericht gestellt werden konnten, nämlich dann, wenn beim Zusammenstoß ein Mensch zu Schaden oder sogar zu Tode gekommen war. In der Regel wurde der Besitzer eines Tieres auf Schadenersatz verklagt, wenn dieses unbeaufsichtigt auf die falsche Weide oder in einem Obst- oder Gemüsegarten gelaufen war und dort gefressen hatte. In Kurtrier machten die Felddiebstähle durch Menschen oder die Fressschäden durch Tiere den größten Teil aller geahndeten Delikte aus. Sie scheinen so häufig und regelmäßig vorgekommen zu sein, dass 1747 eine gesonderte Verordnung dazu erlassen wurde.

Im Amt Cochem wurden im Schöffengericht die meisten Klagen wegen Beleidigung oder Felddiebstählen geführt. Die meisten Prozesse konnten schon vor einem Urteil beigelegt werden, da der Amtsverwalter als Mediator zwischen den Parteien fungierte und oft durch einen Vergleich, meist eine Geldzahlung, eine gütliche Einigung erreichen konnte. Die Cochemer Amtsprotokollbücher des 18. Jahrhunderts werden heute im Landeshauptarchiv aufbewahrt. Gab es wirklich

1774 einen Prozess, der die dargestellte Tierquälerei zur Folge hatte, die man sich gar nicht vorstellen mag? Den gab es laut den Protokollen im ganzen Jahrhundert nicht. Ein Blick in die Akte zum Bockbrunnen im Stadtarchiv Cochem gibt endgültig Entwarnung: Der Vorfall wird den Cochemern nur angedichtet.

Die Cochemer Stückelchen

Die Bockbrunnen-Erzählung ist auch eine der zahlreichen als Cochemer Stückelchen bekannten Geschichten, die bereits in der Mitte des 19. Jahrhunderts so bekannt waren, dass sie in der frühen Literatur über Cochem besondere Erwähnung fanden. Ein Gedicht aus dem Jahr 1847 beginnt mit den Zeilen: „Habt Ihr das lustige Cochem gesehen. Die Stadt wo die tollen Streiche geschehen?“ Eine genaue Erklärung, warum gerade Cochem so viele Schildbürgerstreiche angehängt wurden, gibt es nicht. Frühere Autoren vermuteten, dass das kleine Cochem um seine Stadtprivilegien beneidet wurde und umliegende Nachbarn daher nur allzu gern über Cochemer Eigenheiten spotten und lachen wollten. Die Geschichten berichten von Selbstüberlistungen: Um die silberne Rathausglocke vor den feindlichen Soldaten zu verstecken, ruderte man auf die Mosel und versenkte sie dort. Damit man sich die Stelle für später gut merken konnte, schnitzte man eine Kerbe ins Boot. Als eine Maulwurfplage viel Schaden in den Gärten verursacht hatte, fing man diese Wühler in Lebendfallen und als gerechte Strafe wurden alle lebendig begraben. Und Cochemer handeln in ihrer eigenen unlogischen Logik: Um den entflogenen Vogel des Bürgermeisters wieder einzufangen, schloss man in aller Eile die Stadttore, das Vorhaben gelang, und der Bürgermeister hat seitdem wieder einen Vogel. Als der Jahresabschluss der Stadt unterm Strich ein großes Defizit auswies, grübelte der Stadtrat, was man gegen die Schulden machen könne. Da griff ein Stadtvater nach Feder und Lineal und strich zur Begeisterung aller den Fehlbetrag einfach durch, Fall erledigt. Nur mit Mühen konnte man sie überzeugen, dass die Schulden trotzdem noch da waren.

1937 beschloss die Stadt Cochem zur Verschönerung des Stadtbildes, vor allem für die zahlreichen Besucher, auf dem moselseitigen Gelände vor der Kirche St. Martin einen Schmuckbrunnen zu errichten. Der Auftrag dazu ging im Juni 1937 wieder an den Bildhauer Anton Nagel, mit dem man schon beim Pater-Martin-Denkmal und beim Martinsbrunnen gute Erfahrungen gemacht hatte. Thematisch sollte ein Cochemer Stückelchen dargestellt werden. Zur Auswahl standen drei Geschichten, in humoristischen Versen abgefasst: Die oben erwähnte versenkte Glocke sowie die Erfrischung des Kurfürsten, die er auf seiner Moselreise wegen der Sommerhitze durch Boten in Cochem geordert hatte, bei seiner Ankunft wurde die Kutsche mit Feuerwehrspritzen unter Wasser gesetzt. Gewonnen hat:

Der Traubendieb

Beim Halsgericht zu Kochem war
- Es sind schon über hundert Jahr -
Ein Geisbock peinlich angeklaget,
Daß weiße Trauben er benaget.

Schon längst stand er im schwarzen Buch,
Denn nicht der best` war sein „Geruch“,
Drum kam`s dem Sünder schlecht zu stehen,
Wie ihr hiernach bald werdet sehen.

Zunächst fand sich kein Advokat,
Der für ihn nur den Mund auftat,
Der Schöffen einer rief: zum Henker
Mit dem vermalmedeiten Stänker!

Ein zweiter bracht` die Meinung für,
Für Bürger sei, nicht für ein Tier
Der Galgen, darum sei es besser
Man liefre ihn gleich unters Messer.

Die andern Schöffen, nach der Reih,
Votierten, daß er schuldig sei,
Doch findet man nicht in den Akten,
Genau zu lesen, was sie sagten.

Gemach, ihr Herren, so geht`s doch nicht,
Denn dafür sind wir das Gericht,
Daß wir erst gründlich untersuchen,
Bevor wir unser Urteil buchen.

Der Amtmann wars, der also sprach -
Der Bock schöpft wieder Mut danach,
Verlegt sich tapfer auf`s Negieren,
Will seine Unschuld gar probieren.

Die Folter damals war im Schwung,
- Juristen zur Erleichterung -
Die Kelter sollte aus ihm pressen,
Was eigentlich der Bock gefressen.

Die Drohung zieht, der Bock erbleicht,
Bekennt und macht`s den Richtern leicht:
„Erwägend, daß der Bock geständig,
Darf er nicht bleiben mehr lebendig“.

„Der Schinder warte seiner Pflicht“!
Der tut`s. - Entsetzen! Was geschieht?
Kommt roter Most von weißen Trauben?
Wer kann den Bock noch schuldig glauben?

Das Urteil wurde drauf kassiert,
Der Bock als ehrlich proklamiert.
Item: die Stadt trug alle Kosten
Und ließ seitdem das Beil verrosten.

Wie erst seit kurzen bekannt ist, übergab der Künstler seinem damals 11-jährigen Sohn Franz dieses Gedicht, damit dieser daraus einen griffigen Vierzeiler für den Brunnenrand dichten konnte. Die Umstände der Einweihung am 24. Juni 1938 sind aus heutiger Sicht wenig rühmlich. Cochemer

Bevölkerung war dabei nicht mehr vorgesehen und unwichtig geworden. Bürgermeister Elsen hatte kurzfristig umdisponiert. Die Enthüllung diente nun als Programmpunkt beim Besuch der „Alten Garde des Führers“. 650 frühe Parteimitglieder unternahmen einen Ausflug von der Eifel kommend nach Cochem und abends weiter nach Koblenz. Darunter waren Hitlers Stellvertreter Rudolf Heß, Reichsführer Heinrich Himmler, Reichsorganisationsleiter Dr. Robert Ley, Generalinspekteur für das deutsche Straßenwesen Dr. Todt und zahlreiche Gauleiter aus dem gesamten Reichsgebiet. Der Tag in Cochem endete mit einem gemeinsamen Kaffeetrinken, vermutlich verteilt auf viele Hotels. Die Gedenkplakette, die der Bürgermeister für diesen Besuch am Brunnen anbringen wollte, ist längst verschwunden.

Nach vier Jahren verschwand auch die Bronzefigur. Alle Kupfer- und Bronzedenkmäler waren zuvor in Meldebögen erfasst worden. Trotz Widerspruchs musste Cochem die Bronzen vom Martins- und Bockbrunnen am 18. August 1942 im Rahmen der Allgemeinen Metallspende des deutschen Volkes abliefern. Die Stadt erhielt für 470 Kilogramm Bronze einen Kostenersatz von 140 RM. Nach dem Krieg ließ der nun amtsführende, frühere Büroleiter der Stadt nichts unversucht, den Verbleib der Bronzen zu klären. Er fand sie im Juni 1946 nahezu unbeschädigt in St. Ingbert/Saar. Der Besitzer einer Verwertungsanstalt für Lumpen, Papier und Altmetalle hatte sie in seiner Firma sicher zurückgestellt. Im Austausch erhielt dieser Geld und Wein aus Cochem.

Seit dieser Zeit fließt der Bockbrunnen in allen warmen Monaten, für die letztjährigen Weinfeste wurde das Wasser mit Lebensmittelfarbe von der Stadt rot gefärbt. Und die schelmischen Putten haben schon in unzählige Kameras gelacht. Der 94-jährige Franz Nagel erinnert sich an die Planungen seines Vaters für einen Brunnen vor dem Bahnhof. Auf dem Rand eines großen, runden, flachen Beckens stehen vier Feuerwehrleute mit Spritzen, in ihrer Mitte der Kurfürst in Herrscherpose. Der Kriegsbeginn beendete diese neue Cochemer Idee. Zum Bockbrunnen schreibt er: „Ein Dichter ist trotzdem nicht aus mir geworden. Ich war aber immer stolz, dass mein einziges Gedicht in Stein gehauen verewigt ist.“

Petra Lambertz

Quellen:

Akte zum Bockbrunnen im Stadtarchiv Cochem, Stadtchronik der Jahre 1938 und 1946
Ralf Brachtendorf, Konflikte, Devianz, Kriminalität. Justiznutzung und Strafpraxis am Beispiel des Amts Cochem. Dissertation, Tectum Verlag Marburg 2003
Cochemer Stückelchen, Erstauflage 30er-Jahre, zusammengestellt von Josef Schmelzer, bebilderte Neuauflage ergänzt von Paul Schreiber, Herausgeber Verkehrsamt der Stadt Cochem ohne Jahr.
Findbücher des Landeshauptarchivs zu alten Prozessen in Cochem sind einsehbar unter www.archivdatenbank.lha-rlp.de

Erinnerungen des 94-jährigen Franz Nagel, Sohn des Künstlers Anton Nagel, E-Mail-Korrespondenz mit dem gebürtigen Cochemer Wolfgang Welter im Februar 2021
www.wikipedia.de: Anton Nagel (Bildhauer)

Empfehlung der Autorin:
Alle drei Kunstwerke von Anton Nagel liegen in unmittelbarer Nähe zueinander. Der Martinsbrunnen auf dem Marktplatz, der Bockbrunnen moselseitig vor der Pfarrkirche St. Martin, vis-à-vis hängt die Pater-Martin-Skulptur an der Außenmauer des gotischen Chores. Die Audiotour „Cochemer Stadtrundgang" der Lauschtour-App führt Sie auch zum Bockbrunnen.

Die gebrochenen Finger des Schutzpatrons Vom Schicksal einer alten Cochemer Brunnenfigur

Den Mittelpunkt des Cochemer Marktes und somit auch der Altstadt bildet der Martinsbrunnen mit seinem Basaltbecken, aus dessen Mitte die aufragende Basaltsäule alle Blicke auf das bronzene Standbild lenkt. Die bekannteste Szene aus dem Leben des heiligen Martin, die Teilung des Mantels, ist hier in geradezu martialischer Anmutung ausgeführt, der Bettler befindet sich direkt unter dem sich aufbäumenden Pferd, der Soldat hat das Schwert bereits an seinem Mantel angesetzt.

Martin ist der Schutzheilige der Cochemer Pfarrkirche, die sich in unmittelbarer Nähe zum Marktplatz befindet, die Wahl dieses Patrons weist auf eine Kirchengründung in Cochem schon in fränkischer Zeit. Eine Reliquie aus dem angeblichen Schädel des Heiligen wird in der Kirche in einer silbernen Büste aufbewahrt.

Dass Martin auch der Schutzpatron der ganzen Stadt ist, wird jedes Jahr zum Abschluss des Martinsumzugs im November auf dem Markt von allen Beteiligten gemeinsam in einem traditionellen Cochemer Martinslied besungen.

„Wenn der Herbst im Moseltal,
macht des Weinstocks Rebe kahl,
wenn der Lese köstlich Gut,
gährend in den Fässern ruht,
wenn vorbei des Winzers Plag,
//:kommt auch schon St. Martinstag://

Cochem, unsre schöne Stadt,
Martin zum Beschützer hat.
Dass er mit dem Hirtenstab,
wehre alles Unheil ab.
Und vor Gottes hohem Thron
//:sei ein mächtger Schutzpatron://

Öffentlich zugängliche Brunnen mit Frischwasserzuleitung waren für das Alltagsleben in einer eng bebauten, mittelalterlichen Stadt wie Cochem besonders wichtig. Es sind noch weitere historische Wasserversorgungsstellen bekannt, vor allem der zuverlässig funktionierende Laufbrunnen am Fuß der Schlossstrasse auf der Ecke zur Herrenstraße. Manche Gebäude verfügten über eigene Brunnen im Keller oder im Hinterhof, heute noch zu finden hinter Marktplatzhäusern. Der Marktbrunnen ist die noch sichtbarste Erinnerung an diese alte Zeit. Die heutige Brunnenfigur hatte mehrere Vorgänger. Der Kurfürst und Trierer Erzbischof Balduin von Luxemburg, der Cochem nach Verleihung der Stadtrechte 1332 mit der heute noch in Teilen sichtbaren Stadtmauer umfassen ließ, könnte die erste Patronatsskulptur gestiftet haben. Die gesamte mittelalterliche Stadt wurde im Pfälzischen Erbfolgekrieg von Truppen des französischen Königs Ludwig XIV. am 26. und 27. August 1689 niedergebrannt. Die kaiserlichen deutschen Truppen hatten sich ebenfalls in Cochem verschanzt, dieser erbitterte Kampf sollte auch vielen Cochemern das Leben kosten. Cochem brauchte etwa 100 Jahre, um sich bevölkerungsmäßig und wirtschaftlich von diesem Einschnitt zu erholen. Das heutige Aussehen des Marktplatzes geht auf die erste Hälfte des 18. Jahrhunderts zurück, das barocke Rathaus wurde 1739 fertiggestellt. Zwei weitere Brunnenbauten entstanden, der jüngste der beiden datiert aus dem Jahr 1767. Die damals neu geschaffene Brunnensäule aus Mayener Basalt existiert bis heute. Der Entwurf stammt von dem berühmten Architekten des rheinisch-moselländischen Barocks, Nikolaus Lauxen (1722-1791). Er ist für seine zahlreichen Bauten bekannt, sein erstes bekanntes Werk ist der Cochemer Brunnen. Spätestens zu diesem Zeitpunkt wurde die Martinsfigur aus gelbem Terrakotta auf die Säule ge-

Heutiges Aussehen des Marktplatzes Cochem

setzt, von deren Schicksal weiter unten die Rede sein wird. Martin ist als Bischof dargestellt, im linken Arm liegt der Bischofsstab, die rechte Hand ist zum Segen erhoben.
Dieser Brunnen hielt bis 1863, dann war wieder eine neue Wasserzuleitung nötig. Frost hatte die Basaltsäule außerdem reißen lassen, Metallklammern sicherten ihren Halt. Sie wurde abgebaut und eingelagert. Der neue Brunnen war vollständig aus Gusseisen, rund um die hohe schmale Säule mit der übernommenen Martinsfigur fing eine flache Schale auf Armhöhe das Wasser auf, umgeben von Steinpfosten. Auf sehr alten Postkarten kann man diesen Brunnen noch sehen. Diese zurückhaltende Form wurde in darauffolgenden Jahrzehnten als „moderne Scheußlichkeit aus Eisen" heftig kritisiert. 1906 erhielt der Brunnen seine heutige Form. Louis Auguste Ravené, der Sohn des Burgwiedererbauers Louis Frédérique Ravené, stiftete den Cochemer Bürgern den gesamten Brunnenneubau. Er ließ eine Kopie der alten Basaltsäule anfertigen und dazu passend das große Basaltbecken. Auf zwei Seiten des achteckigen Beckens findet sich dazu die lateinische Widmung.
Die alte Säule wurde damals in der Nähe des Martinstores wieder aufgestellt. Der als „Baum der Liebe" bekannte Platz mit einem Weidenbaum und Brunnen liegt an der Moselpromenade unterhalb der Peterskapelle und der Burg. Die Säule, zusammen mit einem neuen Brunnenbecken, erhielt 1987 ihren heutigen Standort neben der Brücke in der Nähe des großen Mosaiks zur Cochemer Stadtgeschichte vom Cochemer Künstlers Carlfritz Nicolay, auf dem nach dem Künstler

Damalige Ansicht des Marktplatzes um 1900

benannten Platz. Die Martinsfigur des Marktbunnens wechselte 1906 somit auf ihren mindestens dritten Säulenort. Aber ihre Zeit lief ab.

Das Bischofsschicksal

Schon lange vor 1934 gab es Planungen, die alte Martinsfigur aus gelber Terrakotta zu ersetzen. Die Darstellung des Martin als segnender Bischof wurde nun als „sehr unschön" und „durchaus kitschig" beschrieben, der den Rathausplatz nicht mehr in angemessener Weise schmücken konnte. Den zahlreichen Besuchern der Stadt wolle man ein zeitgemäßes Aussehen präsentieren. Nun sollte eine wirkungsvolle Bronzegruppe mit der typischsten Szene aus dem Leben des Heiligen die Säule krönen. Der Auftrag ging an den Trierer Künstler Anton Nagel, der 1934 bereits für die Pfarrgemeinde ein Denkmal für den berühmten Sohn der Stadt geschaffen hatte, den Kapuzinermönch und religiösen Volksschriftsteller Martin von Cochem (1634-1712). Es hängt moselseitig an der Außenwand des gotischen Chores der Martinskirche.

Zahlreiche Geschäftsleute und eine Bank spendeten für diesen teuren Bronzeguss, der größte Anteil kam von der Pfarrgemeinde. Kurzzeitig kamen Bedenken auf, dass der Bettler wie überritten wirke, aber man blieb beim ursprünglichen Entwurf. Die Einweihung erfolgte am Pfingstsonntag, den 9. Juni 1935. Zuerst hatte man den in Berlin wohnhaften Ehrenbürger Louis Ravené gebeten, die Enthüllung vorzunehmen. Dieser konnte der Einladung aus terminlichen Gründen

Ausschnittsvergrößerung des heutigen Marktplatzes Cochem; ebenso des damaligen, rechte Seite

nicht nachkommen. Die Festrede hielt nun der Heimatschriftsteller Ludwig Mathar, der die Zerstörung Cochems von 1689 und die, historisch nicht korrekte, Anwesenheit Pater Martins in seiner Heimatstadt in dem Roman „Unter der Geißel“ miteinander verwoben hatte.
Einen Monat vor ihrem Abbau und nachdem sie viele Generationen lang unbeschadet überstanden hatte, wurde die Terrakottafigur doch noch Opfer einer Weinlaune. Im Laufe des Nachmittags des 5. Mai 1935 erreichte eine feucht-fröhliche Gruppe, Mitglieder der Schützengesellschaft aus Boppard, den Marktbrunnen. Ein 28-jähriger Mann kletterte an der Säule bis zu dem Heiligen empor, vermutlich unter Gejohle seiner Kameraden und mit einem Hechtsprung, um sich keine nassen Hosenbeine zu holen. Das Endergebnis war: die Finger des Bischofs brachen ab und wurden als Souvenir eingesteckt. Die Aktion blieb natürlich wegen der umliegenden Geschäfte und der Marktbesucher nicht unbeobachtet. Die Truppe wurde so lange festgehalten, bis einer von ihnen bereit war, seine Personalien für den Schadenersatz zu hinterlassen, und das corpus delicti, die Finger also, übergeben war. Prompt erhielt dieser Post vom Cochemer Bürgermeister. Im Antwortschreiben aus Boppard kam der rheinische Humor durch. Er habe seine Adresse dem Beamten gegeben, „damit die Sache vorläufig in Ruhe abging, da wir alle angeheitert waren ... Ich möchte nicht versäumen, Sie zu bitten, die Sache nicht so ernst aufzufassen und mit in Erwähnung zu ziehen, daß gerade unser Klub schon horrendes Geld in Cochem gelassen hat.“ Der Bürgermeister hatte ohnehin kein Interesse daran, den „groben Unfug“ juristisch zu verfolgen. Mit der Bezahlung von 10 RM (4,5 RM Reparaturkosten eines Stukkateurs, 5,50 RM Sühneleistung, die in Cochem für einen guten Zweck eingesetzt werden sollten) betrachtete er die Sache als erledigt. Der Übeltäter kam also preiswert davon, für Wein hatte die Gruppe sicher mehr ausgegeben. Die gelbe Martinsfigur verblieb im Rathaus, erhielt 1947 ihre heutige farbige Bemalung und stand

viele Jahre im Trauzimmer im ersten Stock auf dem Boden hinter dem Standesbeamten. Die ursprüngliche Ursache war nicht mehr bekannt, die geklebte Hand wurde von Mitarbeitern der Stadtverwaltung im Scherz aber immer so erklärt: Bei den unzähligen Schwüren ewiger Treue, die der Heilige in all den Jahren mit anhören musste, sei es kein Wunder, dass die Finger wacklig blieben und hin und wieder abfielen. Tatsächlich mussten die Finger mehrfach neu geklebt werden. Nach dem Umbau des alten Kapuzinerklosters zum Kulturzentrum erhielt die Bischofsfigur ihren heutigen Platz. Sie steht in einer alten Mauernische im Vorraum des Kulturbüros. Die Finger halten seitdem.

Petra Lambertz

Quellen:
Akte zum Martinsbrunnen mit erhaltenem Briefwechsel mit Boppard im Stadtarchiv Cochem
Gespräche mit Stadtarchivar Wolfgang Hock, ehemals Büroleiter der Stadt Cochem
Claudia Euskirchen, Nikolaus Lauxen (1722-1791), Ein Baumeister des rheinisch-moselländischen Barock, Verein für Geschichte und Heimatkunde e.V. Pulheim 1997, S. 73-78.
Peter Schweigerer, Der St.-Martinsbrunnen in Cochem. Er hat eine wechselvolle Vergangenheit – Bis heute sechs Standbilder, Beilage der Rheinzeitung, Januar 1960.
Postkarte des Marktplatzes um 1900 vom Stadtarchiv Cochem

Empfehlung der Autorin:
Spaziergang vom Carlfritz-Nicolay-Platz mit Mosaik zur Stadtgeschichte und alter Brunnensäule über den Marktplatz mit Martinsbrunnen, dann an der Mosel entlang bis zum Baum der Liebe, zurück über den Oberen Weg, durch das alte Stadttor und den historisch sehr wichtigen Burgfrieden bis zum Marktplatz, dort hinsetzen und Stimmung genießen.

Die Kirchenfenster von St. Martin

Das heutige innere Erscheinungsbild der katholischen Pfarrkirche in Cochem wurde maßgeblich gestaltet durch Pfarrer Werner Müller (28.9.1949 – 23.10.2020). In seiner 28-jährigen Wirkungszeit als Pastor der Pfarrei St. Martin von 1984 bis 2012 hat er neben einer Modernisierung des Altarbereiches, dem Austausch der alten langen Bänke und der veralteten Lichttechnik vor allem die beiden Nachkriegsprovisorien in Angriff genommen. Die wertvolle Stumm-Orgel war beim Bombenangriff am 5. Januar 1945 zerstört worden. Beim Wiederaufbau der Kirche wurde eine kleine Orgel aus einem gebrauchten Spieltisch und unter anderem auch aus 84 Holzpfeifen und 190 Zinn- und Bleipfeifen der Dinse-Orgel des Kapuzinerklosters zusammengesetzt. Die Kapuzinerkirche wurde bis dahin als Ausweichkirche genutzt und hatte dazu die alte Burgorgel erhalten. Diese Orgel hatte der Wiedererbauer der Burg Louis Ravené bei der Fa. Gebrüder Dinse in Berlin in Auftrag gegeben. Mit einem großen Spendenanteil der Gemeinde konnte die zusammengestückelte kleine Orgel im Jahr 1997 durch die große Oberlinger-Orgel ersetzt werden. 3175 Pfeifen und 45 Register sind verteilt auf die beiden Emporen rechts und links des Altarraumes. Zusätzlich gibt es als Besonderheit die Register „Cymbelstern", „Glockenspiel", „Nachtigall" und das ausfahrbare „Riesling-Register", das bei besonderen Gelegenheiten auch wirklich eine Flasche Wein bereithält.

Das hallenartige Nordschiff, mit dem die alte gotische Kirche von 1932 bis 1933 erweitert worden war, wurde ebenfalls beim Angriff zerstört. Nur der gotische Chor und die Südwand blieben stehen, natürlich ohne die historische Fensterverglasung. Beim Neubau verzichtete der Kirchenarchitekt Dominikus Böhm bewusst auf eine farbliche Gestaltung des Innenraumes, diese sollte zu einem späteren Zeitpunkt durch noch zu schaffende Kirchenfenster erfolgen. Um seine Vorstellung zu verdeutlichen, stattete er die Beichtkapelle mit 12 hochformatigen, schmalen Fenstern aus der Werkstatt der Glasfirma Derix in Taunusstein aus. Der Lichteinfall sollte durch kleine bunte Farbflächen die Innenwirkung des Raumes verstärken. Kleine Motive wiederholen sich: die Tafel mit den zehn Geboten, das Lamm Gottes, der Baum mit Schlange, Sterne und Kerzen. Alle weiteren Kirchenfenster bestanden bis 2009 aus weißem Milchglas. Die Vollendung des Kirchenbaus durch farbliche Fenster war das zweite Großprojekt von Pastor Müller, das nur mit den

Spenden vieler Unterstützer ermöglicht wurde. Die Fenster zeigen bekannte Motive aus der Bibel. Der bibeltheologische Entwurf stammt von Werner Müller. Für die Umsetzung der Idee konnte er die beiden in London lebenden Glaskünstler Graham Jones und Patrick Reyntiens gewinnen – eine kunsthistorisch seltene Zusammenarbeit. Die Derix Glasstudios aus Taunusstein übernahmen die technische Durchführung. Graham Jones, Jahrgang 1958, entwarf bereits Fenster für die Westminster Abbey in London und übernahm in Cochem die Farbgestaltung. Dabei liegen oftmals mehrere Farbschichten in den Fenstern übereinander, was besonders bei Sonnenschein eine besondere Wirkung und Tiefe ergibt. Patrick Reyntiens, Jahrgang 1925, führte mit seinem Sohn ein bekanntes Glasstudio in London. Er war für die Figürlichkeit zuständig und bemalte die von Derix vorbereiteten Farbfelder mit Schwarzlot, einem gelösten Eisenoxid, mit den im Fenster behandelten Bibelstellen. Bei der feierlichen Einweihung im Festhochamt zum heiligen Martin am 8. November 2009 erwähnte Reyntiens in seiner Ansprache auf Englisch, dass er als junger Soldat Bomben über Deutschland abwarf. Die Arbeit an den Fenstern war für ihn nun auch ein Werk des Friedens und der Versöhnung. Er starb am 25. Oktober 2021.

Die acht gotischen Fenster sind von rechts nach links zu „lesen", vom Eingang auf der Rathausseite hin zum gotischen Chor. Urgeschichte: Adam und Eva, Kain und Abel, Noah und die Arche, der Turmbau zu Babel. Grundthemen der Offenbarung in ersten und neuen Bund: Mose und die zehn Gebote, der siebenarmige Leuchter, Zusammenführung auf dem Berg Tabor: Jesus redet mit Elia und Mose, das himmlische Jerusalem. Die Patriarchen: Abraham, Isaak, Jakob, Gott erscheint Mose im brennenden Dornbusch. Die Propheten: Jeremia und Jona. Weisheits-Literatur: die Psalmen und das Hohelied. Die sieben Ich-bin-Worte Jesu: z. B. Ich bin der wahre Weinstock. Die Leidensgeschichte Jesu und die Begegnung mit dem Auferstandenen: Einzug in Jerusalem, das letzte Abendmahl, Ölberg. In diesem rot gehaltenen zentralen Fenster im alten Chor zeigt die Kreuzigungsszene Christus in der Kelter. Pastor Müller bezieht sich ausdrücklich auf das Original in der Pfarrkirche Ediger. Gottes Geist wirkt in seiner Kirche: Martyria (Zeugnis geben), Liturgia (Gottesdienst), Diakonia (Caritas), Koinonia (Gemeinschaft).

   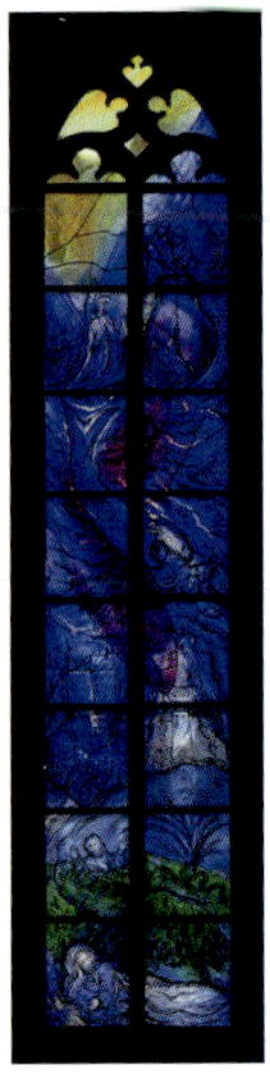  

Im Begleitheft zur Einweihung der Fenster schrieb Pastor Werner Müller: „Die acht gotischen Fenster illustrieren uns die Heilsgeschichte Gottes mit uns Menschen. Sein Wort und sein Wirken sind sein Liebesbrief an uns alle: ´Ich bin Jahwe, der Gott, der für dich da ist.' ER begleitet sein Volk durch die Geschichte der Jahrtausende. ER schenkt uns seinen Sohn Jesus, der für uns lebte, für uns starb und uns Leben in Fülle erfahren lässt – hier und in seiner Kirche und vor allem im Reich Gottes."

Die biblischen Kirchenfenster laden jeden Besucher ein, diese Botschaften und immer neue Details in ihnen zu entdecken. Im Hauptschiff lassen die sogenannten Schmetterlingsfenster viel Tageslicht durch abstrakte, dynamisch gewischte Flächen in hellen Tönen in das Kircheninnere fallen.

Können Sie ihn finden?

Der Schutzpatron von Stadt und Kirche ist drei Mal im Kirchenschiff vertreten. Die älteste Darstellung blickt seit über 500 Jahren auf die Kirchenbesucher herab und bleibt selber meistens unentdeckt. In der Decke des alten Chors im Kreuzungspunkt zweier Strebepfeiler aus rotem Sandstein befindet sich ein kleines, farbiges Relief: Martin in Bischofsgestalt, der seinen als Soldat geteilten Mantel in der rechten Hand hält.

Die Reliquienbüste des heiligen Martin ist der örtlichen Überlieferung nach ein Geschenk von Kaiser Maximillian. Auf dem Hin- und Rückweg zum Trierer Reichstag im Jahr 1512 übernachtete er als Gast des Erzbischofs auf der Burg Cochem und verehrte, neben der Staurothek in Kloster Stuben, in der Cochemer Kirche die Reliquie des heiligen Martin, ein Knochenstück aus dem Schädel.

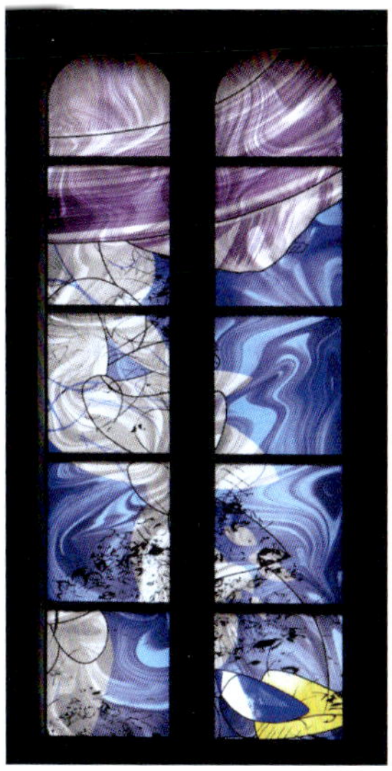
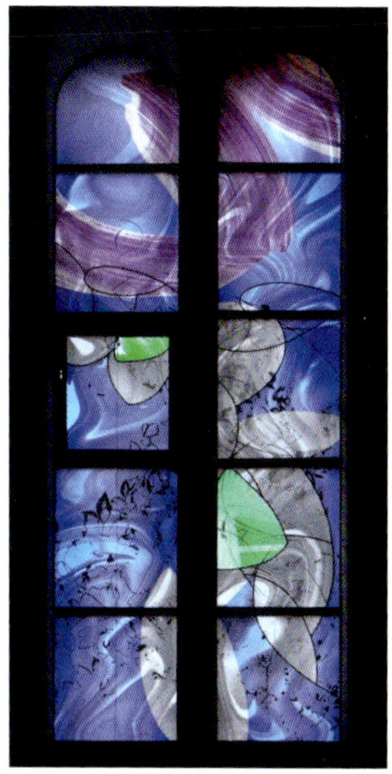

Im Anschluss soll er für die Pfarrei diese wertvolle Aufbewahrungsmöglichkeit in Auftrag gegeben haben. Die Büste wurde früher nur anlässlich des Festhochamts des heiligen Martin aus einem Cochemer Banktresor entnommen und auf den Tabernakel gestellt. Seit der Kirchenraumrenovierung unter Pastor Müller hat die silberne Büste nun ihren festen Platz in einer verglasten Wandnische rechts neben dem Tabernakel.
Martin hat auch seinen Platz im Kirchenfenster gefunden. Im gelb-grünen Fenster über dem Haupteingang sieht man ihn im Spitzbogen. Martin teilt seinen Mantel mit dem Bettler. Jesus erscheint Martin im Traum. „Martin, heute hast du mich mit deinem Mantel bekleidet." Diese Szene verweist auf die Bibelstelle: „Was ihr für einen meiner geringsten Brüder getan habt, das habt ihr mir getan." (Mt 25).

Petra Lambertz

Quellen:
Willy Bußmann, „Burgorgel" im Kapuzinerkloster, In: Kulturzentrum Kapuzinerkloster, Festschrift zur Eröffnung, Hrsg. Stadt Cochem 1998, S. 38-39.
Pastor Werner Müller, Die neuen Kirchenfenster in der Pfarrkirche St. Martin, Begleitheft zur Einweihung im Festhochamt zum Martinstag am 8.11.2009, Hrsg. Katholische Pfarrgemeinde St. Martin Cochem 2009.

Empfehlung der Autorin:
Ein Besuch der Pfarrkirche St. Martin in Cochem: Erläuterungen aller dargestellten Bibelstellen und Abbildungen der Kirchenfenster finden Sie in dem gedruckten Führer im Schriftenstand der Kirche.
Die Orgel-CD „Moselforelle & Cochemer Sinfonie": Die Organistin Marion Oswald spielt zusammen mit

dem Trompeten-Ensemble Tchotchev klassische Werke sowie ihre eigene Komposition rund um traditionelle Cochemer Festlieder. Erhältlich in der Cochemer Buchhandlung und in der Touristinformation.
Suchen und finden Sie den heiligen Martin im Kirchenschiff. Führungen zu den Kirchenfenstern werden in der

Saison regelmäßig samstags angeboten. Informationen dazu erhalten Sie bei der Touristinfomation Cochem. Zu der besonderen Geschichte des Vesperbildes in der Beichtkapelle erfahren Sie Näheres im Beitrag Die doppelte Maria und der Cochemer Kapuzinermönch.

Das Pinnerkreuz in Cochem Eine Erinnerung an den Schäfer Wendelin Pinn

Von weitem sieht man auf einem Felsen ein mächtiges Gipfelkreuz, das Pinnerkreuz, das abends in der Dunkelheit hell leuchtet. Seit 1955 ist das Kreuz von der Endert aus bequem mit der Sesselbahn (die einzige an der Mosel) zu erreichen. Steil aufsteigende Pfade führen auch auf die Höhen des Felsens, von wo man einen herrlichen Ausblick auf die Reichsburg, das Moseltal und die Stadt Cochem genießen kann.

Felsen tragen oft den Namen „Lay", „Ley" oder „Lei" aus dem rheinischen und niederdeutschen Sprachraum stammend. Das bedeutet etymologisch Fels oder Klippe. Der oben beschriebene Felsen ist jedoch dem gutmütigen und fröhlichen Schäfer Wendelin Pinn gewidmet.

Vermutlich Anfang des 19. Jahrhunderts soll sich folgende Geschichte zugetragen haben:

Auf einer Weide des Klottener Berges über Cochem graste die dem Schäfer Wendelin Pinn anvertraute Herde. Ein Schaf sagte sich von der Gruppe los, verirrte sich im Berg und begab sich in dem stark zerklüfteten Felsen in Gefahr. Wendelin bemerkte beim Aufbruch zum Nachhauseweg, dass ein Tier fehlte. Dem gewissenhaften Schäfer Pinn blieb nichts anderes übrig, seiner Verantwortung bewusst, als das verlorene Schaf mit seinem Hund zu suchen. Auf einem schmalen Felsvorsprung entdeckte Pinn das Tier und versuchte, es aus der Notlage zu retten. Doch das Unternehmen stellte sich als sehr waghalsig heraus. Der Schäfer stürzte kopfüber in die Tiefe und verlor sein Leben. Der treue Hirtenhund lief zum Hof und versuchte über lautes Gebell zu signa-

lisieren, dass etwas nicht stimmte. Man eilte zur Stelle und konnte nur noch den Tod feststellen und den Leichnam von Wendelin bergen. Von nun an hieß der Felsen Pinnerberg. Zunächst stellte man oben ein Holzkreuz auf, später wurde es durch ein Eisenkreuz als Andenken ersetzt und bedachte es mit seinem Namen Pinn, der dadurch in die Geschichte einging. Dieser beliebte und mutige Schäfer, der seine Arbeit sehr ernst nahm, genoss sicherlich in der Bevölkerung ein hohes Ansehen und große Beliebtheit.[1]

Martina Frenz

Quelle:
1)Robert Kraemer, Am Sagenborn der Heimat (1), Kaisersesch 1955, S. 9.

Empfehlung der Autorin:
Unweit des Pinnerkreuzes ist auf der Höhe der Wild- und Freizeitpark Klotten, der ein Vergnügen für Jung und Alt bietet, mit vielen Tieren und Attraktionen.
Steile Wanderwege oder die Sesselbahn führen hinauf zum Pinnerkreuz mit grandiosen Aussichten.
Hier beginnt auch der Seitensprung des Moselsteigs, der als Premiumwanderweg Cochemer Ritterrunde (16,3 km) um die Ruine Winneburg führt. Lauschtour-App herunterladen, interessanter Rundgang durch Cochem.

St. Nikolaus – „Nikläschen“

Relief in den Conder Weinbergen am Eingang zum Apolloweg

Um den heiligen Nikolaus ranken sich viele Legenden, historisch gesicherte Erkenntnisse aber gibt es wenige. Die folgende passt zur Darstellung des Reliefs. Drei junge Kleriker (Priesterschüler) kamen eines Abends auf ihrer Wanderschaft bei einem Fleischer vorbei und baten um eine Herberge. Sie wurden freundlich aufgenommen und bewirtet. Um Mitternacht aber erschlug sie der Metzger und pökelte sie später in einem Salzfass ein. Jahre später kam der heilige Nikolaus auf seinem Weg ebenfalls dort vorbei. Auch er bat den Metzger um Herberge und Abendbrot. Als ihm von dem gepökelten Fleisch vorgesetzt wurde, sah dieser sofort, was er vor sich hatte. Nikolaus segnete das Fass und die Knaben erwachten, als hätten sie nur geträumt. Als der Metzger und seine Frau dies sahen, bekehrten sich beide zum Christentum.
Bei diesem Relief handelt es sich vermutlich um einen Gewölbeschlussstein in Vierpassform aus der wahrscheinlich 1689 zerstörten Conder Kirche. Dargestellt ist der heilige Nikolaus von Myra mit drei Knaben im Salzfass. Im Laufe der Geschichte änderte sich die Darstellung der drei Knaben. Man findet den heiligen Nikolaus abgebildet mit Schülern mit Tonsur oder mit normaler Haartracht oder mit phrygischen Mützen. Mitunter wurde das Salzfass als Schiff gedeutet, da Nikolaus nicht nur als Schutzpatron der Kinder, sondern auch als Patron der Schiffer und Seefahrer gilt.
Möglicherweise handelt es sich bei der Sandsteinnische um einen Teil eines vormaligen Sarkophags. Links daneben befindet sich ein Gedenkkreuz aus Basalt mit Hausmarke für den 1630 in der Mosel ertrunkenen Peter Selcus.
Bis 2008 befand sich das Sandsteinrelief des heiligen Nikolaus in einer Sandsteinnische, die auf der bergseitigen Mauer an der Moselstraße von Cond aus in Richtung Valwig aufgestellt war. Das Relief wurde im Laufe der Jahrhunderte durch Witterung, Spritzwasser von der L98 und vor allem durch Hochwasser stark beschädigt und musste renoviert werden. Man entschloss sich, das „Nikläschen“, wie man das Relief im Volksmund nennt, inklusive der Sandsteinnische und dem darunter befindlichen Sandsteinkreuz an den Felsfuß der „kleinen Brauseley“, unmittelbar am Apolloweg, zu versetzen. Hiltrud Thiel

Quellen:
Sigrid Metke, St. Nikolaus in Kunst- und Volksbrauch, Duisburg, Lange 1966, S. 33.
Dr. Ernst Wackenroder, Die Kunstdenkmäler des Landkreises Cochem, Teil 1, München, Deutscher Kunstverlag 1959, S. 230.

Empfehlung der Autorin: Das „Nikläschen“ steht am Eingang zum Apolloweg. Wie der Name schon sagt, findet man hier noch den vom Aussterben bedrohten Apollofalter. Dieser Schmetterling nutzt dort neben den felsigen Südhängen auch alte Weinbergsmauern als Lebensraum. Auf den Mauerkronen und in den natürlichen Steilhängen oberhalb der Mosel gedeiht noch in großen Mengen die Weiße Fetthenne, eine wichtige Nahrungsquelle für die Apollofalter-Raupen. Achtung: Meiden Sie den Spaziergang bei starker Sonneneinstrahlung. Am Berghang können hohe Temperaturen entstehen. Empfehlenswert ist eine Wanderung zur Brauselay, der „Loreley der Mosel“. Von der Aussichtskanzel auf der Höhe aus bietet sich ein herrlicher Blick ins Moseltal. Besichtigung des ehemaligen Geheimbunkers in Obercond, www.bundesbank-bunker.de

Die Burgruine Winneburg bei Cochem

Rund vier Kilometer vom Stadtzentrum Cochem entfernt erhebt sich auf einem Bergkegel in 300 Meter Höhe über dem Endertbachtal die Burgruine Winneburg. Der vermutliche Erbauer der Burg war Cuno von Winneburg (um das Jahr 1250 n. Chr.).

Und um diesen Bau rankt sich diese schauerliche Sage:
Beim Bau der Winneburg erhielt Meister Bertram aus Cochem den Auftrag, den Bergfried zu erstellen. Die Mauern sollten so stark und dick sein, dass kein feindlicher Angriff sie zerstören könnte. Als aber der Burgherr von einer weiten Reise zurückkam und der Turm kaum über das Fundament hinausgewachsen war, jagte er den Baumeister davon. Das war eine große Schande für Meister Bertram, und daraufhin irrte er verzweifelt in den Wäldern und Schluchten des Enderttales umher. Auf einmal trat der Teufel in Menschengestalt an ihn heran und versprach ihm, den Turm in wenigen Tagen so wuchtig und fest aufzubauen, dass der Baumeister reich und berühmt werden würde. „Und was soll ich dafür tun?", fragte Meister Bertram neugierig. „Du musst deine schöne Tochter in den Turm einmauern", war die Antwort des Teufels. Bertram erschrak, aber Ehrgeiz und Habsucht waren stärker als seine Vaterliebe. In der Nacht brachte er das Mädchen zur Anhöhe hinauf und mauerte sie bei lebendigem Leib in die Grundmauern ein. Sogleich nahte der Teufel, um sein Versprechen einzulösen. Nach kurzer Zeit war das Bauwerk vollendet. Aber Meister Bertram bereute seine furchtbare Tat. Der Gedanke, der Mörder seiner Tochter zu sein, trieb ihn zur Verzweiflung und er stürzte sich von einem Felsen in den tosenden Endertbach. Um Mitternacht ist manchmal noch ein leises Mädchenweinen aus dem Turm zu vernehmen. Erhalten ist heute von der Winneburg der 22 Meter hohe Bergfried mit acht Metern Durchmesser und einer Mauerdicke von 2,40 Meter, nebst dem Palas mit zwei Halbtürmen und Resten von Wohnungen und Wirtschaftsgebäuden.

Annelie Kockler

Quellen:
Robert Kraemer, Am Sagenborn der Heimat, Kaisersesch 1955, Seite 10/11.
Lorenz Frank und Michael Huyer, Burgruine Winneburg bei Cochem, Köln 2005, Rheinische Kunststätten Heft 492, Seite 2/3.

Empfehlung der Autorin:
Wanderung zur Winneburg: Gegenüber vom Hotel Winneburg, an der Landstrasse durch das Enderttal, führt ein sanft aufsteigender Weg hoch zur Burg, die auch für Kinder sehr spannend zu erforschen ist. Für alle Interessierten gibt es dort ausführliche Erklärungstafeln. Ein wunderbarer Blick auf Cochem und das Moseltal belohnt den fleißigen Wanderer.
Lassen Sie sich mit der App „ARGO“ (Augmented Archaeology) durch die Burgruine führen.

Das Brot von Ediger oder Johannas glorreiche Idee

Eine sagenhaft-phantastische Erzählung

Das kleine Dorf Ediger an der Mosel im Kreis Cochem-Zell, das zu den ältesten Moselorten gehört, wurde während des Dreißigjährigen Krieges (1618 -1648) von Heeren belagert, die plündernd durch das Moseltal zogen. Es ging in diesem lang andauernden Krieg um Religion, Macht und Besitz. Zunächst wüteten die Schweden, anschließend zerstörten die Franzosen das Land und zu guter Letzt rückten die Spanier vor.[1] Eine Sage erzählt, dass ein Brot das Dorf damals vor den fremden Belagerern rettete. Dazu möchte ich eine kleine Geschichte erzählen, die sich so oder aber auch anders zugetragen haben könnte:

Johanna schlug die Augen auf. Es war noch früh, die Sonne war noch nicht aufgegangen, vielleicht konnte sie noch ein bisschen liegen bleiben, bis nach Sonnenaufgang ihr Tagwerk begann. Neben ihr wimmerte ihr kleiner Bruder Friedrich, der sich mit ihr und seinem Zwillingsbruder Jakob das Bett teilte, leise vor sich hin. Johanna nahm ihn in den Arm und wiegte ihn sanft. „Ich hab solch einen Hunger", jammerte Friedrich. Am Abend zuvor waren sie ohne Abendmahl ins Bett gegangen, weil die Mutter zu einer schwangeren Frau gerufen worden war, die in den Wehen lag, und keine Zeit mehr gehabt hatte, noch zum Müller zu laufen. So war weder Mehl noch Brot im Haus. „Sobald die Sonne aufgegangen ist, lauf ich schnell zum Müller und tausche unseren Apfelsaft gegen Mehl und dann mach ich uns einen leckeren Pfannkuchen", antwortete Johanna. Sie hoffte sehr, dass noch genügend Apfelsaft im Keller gelagert war, damit sie so viel Mehl bekam, um auch noch ein paar Brote zu backen, vielleicht konnte sie auch eins gegen Wolle eintauschen, um der Mutter ein warmes Tuch zu stricken, da diese bald Geburtstag hatte. Langsam beruhigte sich Friedrich und schlief wieder ein. Johanna lag aber noch lange wach und dachte nach, wie sie der Familie helfen konnte. Mit ihren elf Jahren musste sie sich immer, wenn die Mutter zu schwangeren Frauen gerufen wurde, um die drei kleinen Geschwister kümmern. Die einjährige Luisa wurde glücklicherweise noch von der Mutter gestillt, aber es war nur eine Frage der Zeit, wann die Milch versiegte und es einen Esser mehr in der Familie gab. Der Vater war während des großen Krieges ums Leben gekommen, seither lebte Johanna mit ihrer Mutter und

den drei kleinen Geschwistern alleine in dem kleinen Ort Ediger. Bald schon würde die Schule wieder beginnen, worauf sie sich sehr freute. Sie lernte für ihr Leben gern und sog alles, was der Pater des Klosters von Stuben im Unterricht erzählte, begierig auf.
Seit vielen Wochen aber belagerten fremde Heere die festen Mauern von Ediger.
„Die Bewohner der Weindörfer Bremm, Eller, Ediger, Nehren und Senhals hatten sich im Bund Edigra vereint und suchten bei Gefahr hinter den Stadtmauern von Ediger Schutz. In den Häusern des kleinen Städtchens wurden Frauen, Greise und Kinder geborgen, unterdeß die wehrfähigen Männer Mauern und Türme gegen die anrennenden Feinde verteidigten. Mehrmals versuchten die feindlichen Belagerer, Ediger im Sturm zu nehmen. Aber Hapstus, der tapfere Kommandant des Bundes Edigra, wachte auf einem der Mauertürme mit Luchsaugen auf jede Bewegung des Feindes und lenkte seine Verteidiger jeweils zur rechten Zeit an die gefährdeten Stellen. Als die Belagerer einsahen, dass sie die Stadtmauer nicht erstürmen konnten, beschlossen sie, die Festung auszuhungern. Da die feindliche Belagerung längere Zeit anhielt, wurde das Brot innerhalb Edigers mittlerweile knapp. Schon schrien die Kinder nach Nahrung und da ihnen die Mütter keine reichen konnten, weinten auch sie untröstlich mit.“[2]
Als Johannas Mutter endlich müde und erschöpft nach Hause kam, machte sich Johanna auf den Weg zum Müller. Dort angekommen lief sie über den ganzen Hof und suchte den Müller. Nirgendwo war er zu finden. Johanna wollte aber nicht unverrichteter Dinge nach Haus gehen und rief laut nach dem Mann. Sie war den Tränen nahe. Als sie gerade wieder enttäuscht und ratlos umkehren wollte, raunzte der Müller aus einem der Fenster des oberen Stockwerkes: „Was willst Du, es ist kein Mehl mehr da, die letzten Säcke hat der Kommandant unserer Truppe beschlagnahmt, damit die Soldaten, die für uns kämpfen, was zu essen haben.“
„Aber meine Geschwister hungern und meine Mutter braucht ihre Kraft für ihre Arbeit, ich weiß nicht, wie lange sie das noch durchhalten“. Johanna weinte bitterlich. „Guck, was du noch auf dem Boden und in den Ecken findest, vielleicht reicht es ja noch für ein Brot“, murmelte der Müller und

verschwand wieder vom Fenster. Johanna lief schnell in die Scheune und fegte das letzte Korn, dass auf dem Boden verteilt war, zusammen und packte es in den Sack, den sie eigens dafür mitgebracht hatte. „Das reicht vielleicht für zwei Brote“, freute sie sich und lief eilends wieder nach Hause. Zu Hause angekommen ging sie sofort in die Küche, und tatsächlich reichte das Mehl für zwei Brote. Als sie das Brot in den Ofen schob, kam ihr eine Idee. Was, wenn die feindlichen Belagerer mit ihrer Idee nicht weiterkamen, Ediger auszuhungern, was, wenn sie denken mussten, dass in Ediger noch genügend Mehl vorhanden sei, und sie selbst das Aushungern nicht zum Erfolg führen würde. Man müsste die feindlichen Belagerer austricksen. Während Johanna den Kreuzweg entlang den Berg hoch zum Lager der Soldaten lief, reifte ihre Idee und sie ließ sich dem Kommandanten melden.

„Was willst Du, Kleine“, schnauzte der wachhabende Soldat sie an und wollte Johanna abwimmeln. Aber Johanna blieb hartnäckig und rief laut nach Hapstus. Auch im Lager der Soldaten war nur noch ein einziger Brotlaib vorhanden, den der Kommandant wie ein Kleinod hütete. Als auch die Männer auf den Mauern vor Hunger schwach wurden, wusste er sich nicht mehr zu helfen. Er ließ Johanna zu sich kommen und hörte ihr genau zu. „Das könnte funktionieren, das ist eine gute Idee“, sagte er und eilte zu seinen Männern.

„Werfet das letzte Brot über die Mauerzinnen mitten in die Feinde hinein – sie werden denken, wir hätten noch Nahrung genug und unverrichteter Dinge abziehen!“

Nur mit Widerwillen kamen die Männer dem Befehl ihres Präsidenten nach. Aber dieser behielt Recht, denn schon am anderen Morgen brachen die Belagerer auf und zogen moselaufwärts weiter. Ediger war gerettet.

Zum Dank für jene wunderbare Erlösung aus bitterer Kriegsnot ließ im Jahre 1666 der Vogt Meinrad Feiden in unserem Stadtteil Ediger eine Kapelle zu Ehren seines Namenspatrons St. Meinrad errichten. Diese Kapelle steht heute noch, da längst die Stadtmauern von Ediger zerfallen sind. Schaut man zu dem Glockentürmchen der Kapelle empor, so entdeckt man unterhalb des Kreuzes eine getreue Nachbildung jenes letzten Brotes, dem der Bund Edigra seine wundersame Errettung verdankte.“[3]

Frei erzählt von Gabriele Meurer

Quellen:
1) Franz Josef Blümling, Naves Historia, www.bremm.info/moselserver/naves-historia/krieg.htm.
2) Robert Krämer, Am Sagenborn der Heimat (2), Kaisersesch 1956, S. 21-22;
3) ebd.
Sagen, Legenden und Geschichten im Kreis Cochem-Zell, gesammelt von Alfons Friderichs, Weißenthurm, 2017. Nach einer Erzählung von Elisabeth Rheinländer, in Robert Krämer, Am Sagenborn der Heimat (2), Kaisersesch 1956, S. 21 und 22.

Empfehlung der Autorin:
Der Kreuzweg, auf dem Johanna ihre glorreiche Idee entwickelte, ist der drittälteste Kreuzweg Deutschlands aus dem Jahr 1488, ein Kreuzweg von europäischer Bedeutung. Die Kreuzkapelle am Ende des Kreuzweges ist bereits auf Grund ihrer Entstehung, ihrer Lage, ihrer malerischen Dreigliederung und ihrer Ausstattung ein für das gesamte Moselgebiet bemerkenswertes Bauwerk.
Sie verdankt ihre eigentliche Berühmtheit jedoch dem weit über die Grenzen Deutschlands hinaus bekannten, ikonografisch einzigartigen Steinrelief „Christus in der Kelter", einer 100 X 90 cm großen Skulptur. Den Weg zwischen der St. Martin-Kirche in Ediger und der Kreuzkapelle säumen 15 Stationen – eine Besonderheit, die normalerweise eher in Süddeutschland zu finden ist – aus dem Jahre 1762. Direkt unterhalb der Kapelle findet sich das 15. Sandsteinrelief, das Kaiserin Helena und das Kreuz zeigt.
Kapelle der Muttergottes von Einsiedeln, auch Meinradskapelle:
Rathaus von Ediger
Synagoge von Ediger, sie wurde um 1850 im neugotischen Stil erbaut. Ein Einbau einer Frauenempore sowie die Verlegung des Eingangs ist auf 1880/90 datiert. 2010 Einweihung als Haus der Psalmen.
Dort findet man religiöse Dokumente, Gebets-und Erbauungsliteratur des 17.-19. Jahrhunderts, Gebetsriemen und Thorawimpel in hebräischer Schreibweise. Diese Preziosen stellen eine Rarität dar. Führungen möglich.

Christus in der Kelter und der Wein in der Bibel Das Ediger Steinrelief

Insbesondere der Weinanbau prägt die Kulturlandschaft der Mosel und ist seit Jahrhunderten ein wichtiger Teil des Wirtschaftslebens. Der Wein ist bereits in der Bibel das wichtigste Getränk, denn er wird darin an 176 Stellen genannt, das Wort „Weinberg" erscheint 100 Mal. Im Alten Testament stehen in der Lutherbibel bei Jesus Sirach 31,25-31 die besonders schönen Worte „Wie Lebenswasser ist der Wein für den Menschen, wenn er ihn mäßig trinkt. Und was ist das Leben ohne Wein? Denn er ist geschaffen, dass er die Menschen fröhlich machen soll. Der Wein, zur rechten Zeit und im rechten Maß getrunken, erfreut Herz und Seele." An gleicher Stelle erfolgt die Mahnung zum Maßhalten: „Sei kein Held beim Weinsaufen ... wenn man zu viel davon trinkt, bringt er Herzeleid, weil man sich gegenseitig reizt und miteinander streitet. Dann bringt er Kopfweh, Hohn und Schimpf." Noah ist nach der Sintflut der erste Mensch, der Wein anbaut. Als er jedoch betrunken und peinlich entblößt in seinem Zelt liegt, wird er von seinem jüngsten Sohn deswegen verspottet. Die beiden älteren Söhne decken daraufhin ihren Vater zu (Gen 9,20-23). Im Neuen Testament verwandelt Jesus auf der Hochzeit zu Kana Wasser in den besten Wein, den es auf der Feier zu trinken gibt (Joh 2,1-11). Zu seinen bekannten „Ich-bin-Worten" gehört: „Ich bin der wahre Weinstock und mein Vater ist der Weinbauer." (Joh 15,1) und „Ich bin der Weinstock, und ihr seid die Reben. Wer in mir bleibt und ich in ihm, der bringt reiche Frucht. Denn ohne mich könnt ihr nichts vollbringen." (Joh 15,5). Von zentraler Bedeutung sind Brot und Wein beim letzten Abendmahl. Zuerst verteilt Jesus das gebrochene Brot an seine Jünger. „Dann nahm er den Becher, sprach darüber das Dankgebet, gab ihn den Jüngern und sagte: Trinkt alle daraus; das ist mein Blut, das für alle Menschen vergossen wird zur Vergebung ihrer Schuld. Mit ihm wird der Bund besiegelt, den Gott jetzt mit den Menschen schließt." (Mt 26, 27-28). In der Heiligen Messe der katholischen Kirche geschieht die Wandlung von Hostie und Wein in Leib und Blut Christi. Das evangelische Abendmahl pflegt die Erinnerung an das damalige Ereignis. Der Vorgang des Kelterns, abgeleitet vom lateinischen calcare, also mit Füßen treten, war bis

zur Erfindung der Baumkelter in römischer Zeit, einer hölzernen Hebelpresse, ausschließlich anstrengende Beinarbeit. Auch dieses Bild wird in der Bibel verwendet, mit einem sehr ernsten Hintergrund, es symbolisiert das Kommen des Erlösers und seine Bestrafung der Völker beim jüngsten Gericht. Sein Gewand ist rot wie das eines Winzers, gefärbt vom Traubensaft. „Ich trete die Kelter allein und niemand hat mir dabei geholfen. Ich habe sie gekeltert in meinem Zorn und zertreten mit Grimm." (Jesaja 63,3). Auch die Offenbarung des Johannes greift diese Thematik noch einmal auf (Offb 19,15).

In der christlichen Ikonographie erscheinen ab dem 12. Jahrhundert kirchliche Wandgemälde oder Reliefs mit dem Motiv „Christus als Keltertreter" oder „Mystische Kelter". Christus im Gewand eines Winzers zertritt die Trauben. Dieser aktive Christus wandelt sich mit der Zeit zu einem passiv Leidenden. Der Kelterbalken wird zum Kreuzbalken. Christus selber wird in der Kelter ausgepresst, Blut strömt aus seinem Wunden. Er allein nimmt die Schuld der Welt auf sich und versöhnt alle Sünder mit Gott. Seine Kreuzigung und sein Tod gehören zur Heilsgeschichte Gottes mit den Menschen.

Diese symbolische Darstellung verstanden die vom Weinbau umgebenen Moselaner besonders gut. Das um 1600 geschaffene, berühmte Steinrelief „Christus in der Kelter" ist weit über Ediger-Eller hinaus bekannt. Der nach links gebeugte Christus hat seine Hände, aus denen Blut fließt, seitlich ausgestreckt, auch aus den Füßen und der Seitenwunde strömt Blut. Die Spindelpresse drückt das Kreuz fest auf seinen Rücken. Über der Traubenpresse befindet sich das ovale Stifterwappen der Adelsfamilie Schönenburg-Nickenich, die Besitzungen in der Nähe hatte. Das Relief wird dem bekannten Trierer Renaissance-Bildhauer Hans Ruprecht Hoffmann zugeschrieben.

Frühere Forschungen nahmen an, dass es das Vorderteil der steinernen Kanzel in der Pfarrkirche St. Hilarius in Eller war. Das linke Seitenteil mit dem Abbild des heiligen Hilarius ist erhalten geblieben, der verlorene rechte Teil könnte den heiligen Martin oder den heiligen Laurentius, den

jeweiligen Schutzpatron von Eller oder Bremm, dargestellt haben. Neuere Erkenntnisse lassen nun den Schluss zu, dass es höchstwahrscheinlich aus dem Kloster Stuben stammt. 1275 wurde dort eigens die Kreuzkapelle zur Aufbewahrung der Staurothek errichtet.[1] Das dreiseitige Relief mit dem frontalen Motiv „Christus in der Kelter" soll als von hinten betretbares Behältnis dieser Kostbarkeit genutzt worden sein. Nach der Säkularisation von Kloster Stuben im Jahr 1802 wurde es dann in die gleichnamige Kreuzkapelle auf den Ediger Berg gebracht. Auch diese Kapelle wurde als Wallfahrtsort genutzt. Der Aufstieg durch die Weinberge führt vorbei an dem drittältesten in Deutschland erhaltenen Kreuzweg.[2]
Das kostbare Originalrelief wurde in den 1970er-Jahren aus Schutzgründen durch eine Nachbildung mit dem damaligen Farbauftrag ersetzt. Das 100 x 90 cm große Relief, wieder verbunden mit dem Seitenteil des heiligen Hilarius, steht heute in der Pfarrkirche St. Martin in Ediger in der nordöstlichen Seitenkapelle. Die staatliche und kirchliche Denkmalpflege stellten bei Untersuchungen fest, dass der Farbauftrag erst etwa 100 Jahre alt war und ließ ihn entfernen. Heute ist der weiße Kalkstein des Originals wieder zu sehen. Die Nachbildung in der Kreuzkapelle behielt ihre farbliche Fassung. Beide Varianten haben nun ihren festen Platz in der moselländischen Kunstgeschichte.[3]

Petra Lambertz

Quellen:
1)Im Buch finden Sie einen gesonderten Beitrag über Kloster Stuben und die berühmte Reliquie.
2)Mehr Informationen zum historischen Kreuzweg in den Ausflugtipps im Beitrag Das Brot von Ediger.
3)Das Motiv Christus in der Kelter ist auch ein zentraler Bestandteil der Kirchenfenster von St. Martin in Cochem.

Alois Thomas, Die Darstellung Christi in der Kelter, Dissertation, Düsseldorf 1936, Nachdruck 1981.
Ernst Wackenroder, Katholische Heiligkreuzkapelle auf dem Ediger Berg, In: Die Kunstdenkmäler des Landkreises Cochem, Unveränderter Nachdruck der Ausgabe von 1959, Deutscher Kunstverlag München, Berlin 1984, S. 281-285.
Wolfgang Wolpert, Die mögliche Funktion des in Ediger befindlichen Reliefs Christus in der Kelter, In: Kurtrierisches Jahrbuch 52, 2012, S. 195-201.
Wolfgang Wolpert, 510 Jahre Kreuzkapelle in Ediger, In: Heimatjahrbuch Cochem-Zell 1999, S. 153-158, darin speziell zum Relief „Christus in der Kelter" S. 156-157.
Wolfgang Wolpert, Fünfhundert Jahre Kreuzweg in Ediger a. d. Mosel. Inquisitor Heinrich Institoris als Initiator, In: Hexenglaube und Hexenprozesse im Raum Rhein-Mosel-Saar, Trier, 2. Aufl. 1996, S. 19-34.

Für umfassende Informationen danke ich Wolfgang Wolpert und Norbert Krötz.

www.ediger-eller.de: Sehenswertes: Kreuzkapelle/Historischer Kreuzweg
www.wikipedia.de und www.google.de: Christus in der Kelter. Hier sind weitere bildliche Umsetzungen des Themas zu sehen.

Empfehlung der Autorin:
Das Original „Christus in der Kelter" steht in der Pfarrkirche St. Martin, die Kreuzkapelle in den Weinbergen enthält die farbige Nachbildung. Einen guten, detaillierten Überblick über alle Sehenswürdigkeiten gibt es auf der Seite www.ediger-eller.de.

CVR TVA RVBET VESTIS TVAQ. INDVMENTA SVNT

Das Miseräbelchen - eine Legende aus Ellenz

Als der Herr Jesus Christus noch auf Erden wandelte, kam er mit seinen Jüngern auch an die Mosel. Es war ein sehr heißer Tag und die Gruppe hatte großen Durst. Sie waren schon einige Stunden auf der staubigen Uferstraße gewandert und waren sehr müde. Am Mittag, als die Sonne sehr hoch stand, setzten sie sich in den Schatten eines Nussbaumes, um zu ruhen. Der Herr schickte Petrus in das nahegelegene Moseldorf Ellenz, einen kühlen Trunk zu besorgen. Petrus machte sich eilig auf den Weg, auch er hatte großen Durst. Als er im Dorf ankam, wehte ihm gleich aus einem Keller ein würziger Weinduft entgegen. Er stieg die Stufen hinab und traf einen freundlichen Winzer, der an einem Weinfass hantierte. Petrus bat um einen Trunk, und bereitwillig reichte ihm der Mann eine Holzkanne mit kühlem Wein. Petrus trank sie leer bis auf den Grund. Er ließ sich nochmals die Kanne füllen und machte sich auf den Rückweg. Während er munter dahin schritt, schwappte öfters Wein aus der sehr vollen Kanne. „Schade um jeden Tropfen", dachte er sich und trank einen ordentlichen Schluck ab. Doch ihm fehlte das richtige Maß, und der Wein stand jetzt etwas zu tief im Gefäß. Damit Jesus und die anderen nichts merken sollten, nahm er sein Messer und schnitt den Rand der Kanne ringsum ein Stück ab. Nicht lange danach schwappte wieder Wein aus der Kanne, und Petrus tat wie schon zuvor, schlürfte und schnitt ein Stück der Kanne ab. Das tat er noch mehrmals und kam mit einer sehr kleinen Kanne und sehr wenig Wein beim Rastplatz an. Als der Herr ihn fragend anblickte, beeilte er sich zu sagen: „Hierzulande sind alle Schoppen so miserabel klein. Vielleicht können damit alle den Durst stillen, wie bei der Brotvermehrung." Der Herr wandte sich enttäuscht ab und sprach: „Behalt´ du dein

Miseräbelchen!“ Und zu den anderen Jüngern sprach er: „Und nun lade ich euch zu einem kühlen Trunk Ellenzer Goldbäumchen ein. Und Petrus muss zuschauen, denn er hat schon seinen Teil.“ Seit dieser Zeit werden an der Mosel die allzu kleinen Schöppchen Miseräbelchen genannt.[1]

Annelie Kockler

Quellen:
1)K. Hessel und A. Antz, in Robert Krämer, Am Sagenborn der Heimat (1), Kaisersesch 1955, Seite 13-14
2)Internet, www.ferienland-cochem.de

Empfehlung der Autorin:
Die Doppelgemeinde Ellenz-Poltersdorf im Herzen des Moselkrampens. Krampen ist ein altes Wort für Klammer und der Moselkrampen ist sogar eine doppelte Klammer. Die Mosel zieht zwischen Bremm und Cochem gleich zwei Klammern auf rund 24 Kilometern und fließt in Form eines großen W. Prall- und Gleithänge, bewachsen mit Reben, wechseln harmonisch miteinander ab. Der Erlebniswanderweg Moselkrampen lässt den Wanderer die typische Flusslandschaft der Mosel erleben. Von Ellenz aus führt ein Weinlehrpfad hinauf in die Weinberge. Gegenüber am anderen Moselufer liegt das malerische Örtchen Beilstein mit der Burgruine Metternich, das von Ellenz aus mit der Fähre zu erreichen ist. Zurück im Dorf kann der Tag ausklingen bei einem guten Glas Wein der Lage Ellenzer Goldbäumchen. Miseräbelchen sind an der ganzen Mosel keine mehr zu finden.[2]
Backesfest im Mai,Wein- und Heimatfest im August, Straßenweinfest im benachbarten Poltersdorf im September

Klotten und seine Polenkönigin Richeza

Kommt man auf die Klottener Heimatgeschichte zu sprechen, so wird unmittelbar die Polenkönigin Richeza erwähnt. Was hat eine polnische Königin mit einem kleinen Moselort zu tun? Wie wurde Klotten zum Königinnenwohnsitz?

Richeza wurde 997 als Tochter des Pfalzgrafen Ehrenfried, genannt Ezzo, und der Kaisertochter Mathilde geboren. Mathilde war nicht weniger als die Tochter des Deutschen Kaisers Otto II. Schon sehr früh, nach manchen Quellen bereits mit dem 3. Lebensjahr, nach anderen mit 12 Jahren, wurde Richeza aus politischen Gründen mit dem Polenprinzen Miesko II. zu Gnesen verlobt und später verheiratet. Damit sollte die Verbindung mit dem gerade christlich werdenden Polen und dem Heiligen Römischen Reich auch äußerlich sichtbar werden. Richeza schenkte ihrem Ehemann drei Kinder, den Sohn und Thronfolger Casimir sowie zwei Töchter. Nach dem frühen Tod ihres „an Geist und Leib schwachen Gemahls" ernannten die Stände Richeza zur Regentin. Anstelle ihres noch unmündigen Sohnes leitete Richeza von nun an vermutlich zehn Jahre lang „mit Weisheit und Milde" das Königreich Polen. Der Adel aber warf ihr Willkür und Anmaßung und eine zu große Frömmigkeit vor, so dass Richeza sich zur Flucht entschließen musste. Die Frage, wo sie künftig mit ihren Kindern wohnen wolle, brachte sie letztlich an die Mosel, da sie dort über ererbten Besitz ihres Vaters verfügte. In Klotten soll sie sich in den Jahren 1040 bis 1047 auf der Burg Coraidelstein aufgehalten haben. In der ganzen Gegend soll sie wie eine Heilige verehrt worden sein, weil sie den Armen von ihren großen Schätzen reichlich spendete und jedem Rittersmann und Pilger gastfrei das Burgtor öffnete. Die Polen aber hatten zwischenzeitlich untereinander um die Vorherrschaft des Landes gestritten und forderten letztlich ihren Sohn Casimir auf, den Thron zu besteigen. Schweren Herzens ließ Richeza ihn gehen. Casimir kehrte in sein Reich zurück und wurde jubelnd empfangen. Ob Richeza, die für sich und ihre beiden Töchter

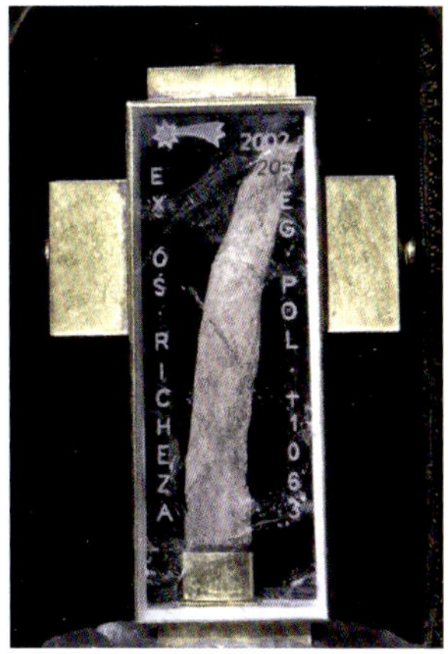

und die Hausleute in Klotten ein Haus und die spätere Nikolauskapelle bauen ließ und von jetzt an nur noch in Klotten weilte, oder aber auf einem mitteldeutschen Besitz, um ihrem Sohn näher zu sein, mag offenbleiben. Im Alter jedenfalls vermachte die fromme Richeza all ihre Moselgüter vom Endertbach bei Cochem bis zum Bach Elz dem Kloster Brauweiler bei Köln, einer Stiftung ihrer ebenso frommen Mutter. Ihre Kinder hatten keinen Anspruch auf das Familienerbe erhoben. Richeza starb im Jahr 1063. Ihre Gebeine ruhen heute im Kölner Dom.

Doris Linden

Quellen:
Wendelin Duda, Die Sagen der unteren Mosel von Kobern bis Cochem, Freiburg 2011.
Kultur- und naturkundliche Wanderfibel, Landkreis Cochem-Zell, Monschau 1991.
Susanne Mayer-Schebendach, Polenkönigin Richeza, Klotten und seine Geschichte, Briedel/Mosel 1997.
Fr. Menk, Des Moselthals Sagen, Legenden und Geschichten, Nordenstedt 2013.

Empfehlung der Autorin:
In Klotten findet man noch heute eine Vielzahl von Spuren, die auf das Wohnen und Wirken der Polenkönigin im 11. Jahrhundert hinweisen, angefangen von dem hier und da noch vergebenen Vornamen Richeza. Der Ort wird weithin sichtbar überragt von der Ruine der Burg Coraidelstein. Im Dorfkern findet sich an dem Ort ihrer ehemaligen Residenz in der Hauptstraße eine Hinweistafel, im gegenüberliegenden Gemeindehaus ist der noch erhaltene Portalsturz der Nikolauskapelle zu sehen und in der Pfarrkirche St. Maximinus wird eine Reliquie der Polenkönigin aufbewahrt. Es gibt einen Brauweiler Platz und der Kulturweg unterhalb der Burg Coraidelstein führt zum Richeza Platz, der einen wunderbaren Blick auf Klotten und die Mosellandschaft bietet.
Dortebachtal-Wanderung, ältestes Naturschutzgebiet mit Wasserfall an der Mosel, seltene Fauna und Flora, Apollofalter

KLOTTEN

Maria Laach und die weiße Lilie

Das Kloster Maria Laach zählt zu den schönsten Denkmälern romanischer Kirchenbaukunst. Das Kloster liegt an der Südwestseite des Laacher Sees und gehört zur Ortsgemeinde Glees. Es wurde 1093 durch Pfalzgraf Heinrich II. von Laach und seiner Frau Adelheid gegründet[1] und wechselte im Laufe der Jahrhunderte mehrfach den Besitzer, bis es schließlich 1892 durch Benediktinermönche aus der Erzabtei Beuron wiederbesiedelt wurde. Die Ordensbrüder lebten nach den Regeln des heiligen Benedikt von Nursia und unter ihnen wurde die Abtei ein Zentrum für Erforschungen innerhalb der Liturgiewissenschaft. Lange vor den Reformen durch die Päpste Pius X. und Pius XII. und dem Dekret über die Liturgie des Zweiten Vatikanischen Konzils mit der Einführung der Muttersprache während der Messe, der aktiven Einbindung der Laien in die Gestaltung der Liturgie, wie z. B. Lektorendienste, Kommunionausteilung u. a., forderten die Mönche aus Maria Laach eben dies.

Außerdem war Maria Laach immer ein Ort handwerklicher und künstlerischer Betätigung. So gehört dem Orden nicht nur ein modernes Hotel, eine Klostergaststätte, der Fischfang und der Bootsverleih auf dem Laacher See, sondern auch ein verpachtetes Gut, das als Biobauernhof mit großem Bioladen betrieben wird, eine vielbesuchte Gärtnerei mit Obstgarten, Handwerksbetriebe, in denen auch noch ausgebildet wird, wie die Kunstschmiede, eine Bildhauerwerkstatt, eine Keramikmanaufaktur und eine Buch- und Kunsthandlung. Die Klosterbibliothek zählt zu den schönsten aus dem 19. Jahrhundert und kann auf Anfrage besichtigt werden. Um das Kloster rankt sich folgende Geschichte:

Die weiße Lilie

Am beschaulichen Laacher See liegt das altehrwürdige Kloster Maria Laach. Die Mönche des Klosters lebten ein bescheidenes, gottgefälliges Leben, das durch Gebetszeiten, die Messe, Ar-

beits- und Essenszeiten einem klaren Tagesablauf folgt. Die Arbeit in der Landwirtschaft oder in einem der Gewerke des Klosters war anstrengend und so waren die Mönche rechtschaffen müde, wenn sie sich am Abend zur Komplet, dem letzten Gebet des Tages, trafen.

Voller Freude auf das Gebet lief der Jüngste unter ihnen mit großem Elan zur Kirche. Er war noch nicht lange ein vollwertiges Mitglied und freute sich auf ein langes Leben, um dem Herrn zu dienen. So betrat er die Kirche als Erster und begab sich sofort zu seinem Platz. Doch welcher Schreck erwartete ihn dort! Auf seiner Kniebank lag eine welke, weiße Lilie. Sie galt als Zeichen aus dem Jenseits. Auf wessen Platz sie lag, der wurde drei Tage später aus dem irdischen Leben abberufen.

Schreckensbleich ergriff er die Lilie und rief: „Ich bin doch noch so jung! Warum soll ich denn jetzt schon sterben?“ Was sollte er nur tun? Da hörte er die anderen Mönche kommen. In seiner Angst legte er die Lilie schnell und unbemerkt auf den Platz neben seinen, der einem hochbetagten, fast blinden Mitbruder gehörte. Langsam kam dieser zu seinem Platz und ertastete schließlich die Lilie, die dort lag. Zur Überraschung des Jüngsten erschrak dieser nicht, sondern rief laut aus, dass es in der gesamten Basilika zu hören war: „Danke Herr, dass du mich gerufen hast. Ich komme gerne zu dir.“ Die anderen Mönche und der Abt eilten herbei, und alle beteten für einen guten und leichten Tod. Der Jüngste schloss sich dem Gebet zwar an, aber schon quälte ihn sein schlechtes Gewissen. Die ganze Nacht bat er im Gebet Gott um einen Rat und dachte über sein Leben nach. Und als die ersten Sonnenstrahlen durch sein Fenster auf ein Bild eines Mönches fielen, der sich um Arme und Kranke kümmerte, fasste er einen Entschluss. Wenn er in den nächsten Tagen nicht sterben sollte, wollte er fortan mit ganzer Kraft den Armen und Kranken dienen. Und so geschah es, dass Gott den Mönch verschonte. Drei Tage nach dem Auffinden der Lilie starb der betagte Mitbruder. In freudiger Erwartung und mit einem Lächeln im Gesicht be-

gab er sich auf seine letzte Reise. Der junge Mönch aber hielt Wort. Sein gesamtes Leben widmete er von nun an den Armen und Kranken und durch seinen unermüdlichen Einsatz wurde er ein leuchtendes Beispiel für seine Mitbrüder. Niemand ahnte etwas von seiner Tat und nach einem langen Leben lag eines Abends wieder eine welke, weiße Lilie auf seiner Kniebank. Er nahm sie freudig in seine Hand und rief: „Herr, endlich bin ich wieder an der Reihe, und diesmal komme ich gerne zu dir." Seine Mitbrüder wunderten sich über seine Worte und verstanden sie nicht. Als er nach drei Tagen auf dem Sterbebett lag, beichtete er seine Tat dem Abt. Da er ein Leben lang Wort gehalten hatte, erteilte der Abt ihm die Absolution, und voll Freude machte er sich nun auf den Weg zu Gott.[2]

Birgit Bieler

Quellen:
1)Stiftungsurkunde (Memento vom 6. März 2014 im Internet Archive) (PDF; 19 kB).
2)In Anlehnung an die Geschichte von Hans-Peter Pracht, Sagen und Legenden der Eifel. Köln 1994, S.109-110

Empfehlung der Autorin:
Der Laacher See ist der größte See und bildet mit seiner Umgebung auch das größte Naturschutzgebiet innerhalb von Rheinland-Pfalz. Er wurde bereits mehrmals zum beliebtesten See von Rheinland-Pfalz gewählt. Aufsteigendes Kohlendioxid (CO 2), zu sehen in Form von kleinen, im Wasser aufsteigenden Bläschen (Mofetten), zeigt den noch vorhandenen Vulkanismus.
Lava-Dome in Mendig. Das deutsche Vulkanmuseum ist auch für Kinder spannend gestaltet.
Römerbergwerk Meurin mit antiker Technik wurde mit aufwendiger Didaktik für den Besucherverkehr erschlossen.
Verschiedene Wanderwege, wie z. B. der Laacher Rundweg oder der Traumpfad Pellenzer Seepfad, zu finden bei www.profirouten.de/eifel/, locken zum Erwandern der Region.
Mit Laachus auf Info- und Steinetour hinter dem Kloster gehen.
Weitere Infos findet man unter www.vulkanregion-laacher-see.de oder
www.eifel.info/laacher-see-und-maria-laach

Alle Fotografien: ©Abtei Maria Laach

Maria Martental und das steinerne Brot

Es wird angenommen, dass Maria Martental (Martyldal) vom Augustiner-Chorherrenstift Springiersbach gegründet wurde. Die erste urkundliche Erwähnung stammt aus dem Jahr 1130. Erzählungen nach wurde der Name vom Tal der Märtyrer hergeleitet, im Gedenken an die 10.000 christlichen Soldaten, die der Thebäischen Legion angehörten und aufgrund ihres Glaubens den Tod gefunden hatten. Als Doppelkloster gegründet, wurde Martental nach Auszug der Mönche von 1200-1523 ausschließlich von Augustiner-Chorfrauen genutzt und danach mangels Nachwuchs aufgehoben und dem Verfall überlassen. Man datiert in diesen Zeitraum das Gnadenbild der schmerzhaften Muttergottes, das heute noch Pilger anzieht. Unweit des Wasserfalls befanden sich die Mauern der ehemaligen Klosteranlage. Der Redemptoristenpater (lateinisch redemptor = Erlöser) der römisch-katholischen Ordensgemeinschaft, Josef Tillmann, hat 1905 das Grundstück für das heutige Kloster gekauft. Nach seinem Tod haben die Herz-Jesu-Priester eine neue Wallfahrtskirche errichtet und bauten die Klosteranlage nach dem 2. Weltkrieg wieder auf. In dem Wallfahrts- und Pilgerort halten sie bis heute Messen ab und betreiben Seelsorge in den umliegenden Gemeinden.[1] Martental befindet sich in der Eifel, in der Nähe von Leienkaul und Kaisersesch.

Die hier erzählte Sage „Das steinerne Brot“ soll in der Nähe des Klosters Martental stattgefunden haben:
Während des Dreißigjährigen Krieges herrschte in ganz Deutschland Not und Elend. Auch in Alflen, einem Dorf in der Eifel, wurde die Brotversorgung so knapp, dass der reichste Bauer im Ort seinen ältesten Sohn zum Kloster Martental schickte, um Brot für die Familie zu erbitten. Der Junge war erfolgreich und machte sich mit einem großen Brot für die Familie auf den Heimweg. An der Endertbrücke traf er eine arme, erschöpfte Frau mit ihrer Tochter, die von dem Jungen

ein Stück Brot für ihre Tochter erbat. Der Junge verweigerte ihr das Brot und log ihr vor, dass er nur Steine in seinem Sack transportiere. Um nicht wieder auf seinem Weg angebettelt zu werden, verließ er die Straße und wanderte querfeldein nach Alflen zurück. Zuhause angekommen versuchte sein Vater das mitgebrachte Brot anzuschneiden, aber es war zu Stein geworden. Entsetzt beichtete der Sohn seinem Vater seine Hartherzigkeit gegenüber der bettelnden Frau und ihrem Kind. Der Vater schickte seinen Sohn zurück zur Endertbrücke, um der Frau doch noch zu helfen. Der Junge kam allerdings zu spät, Mutter und Tochter waren tot. Daraufhin lief der Junge weiter zum Kloster, um die Brüder dort um Hilfe zu bitten. Sie beerdigten die Toten und nahmen den Jungen auf, der seine Schuld sühnen wollte. Das steinerne Brot brachte er mit und es wurde in der Kirche aufbewahrt und für alle sichtbar zur Mahnung ausgestellt. Als die Kirche zerfiel, wurde das steinerne Brot verschüttet.[2]

Eva Weirich-Pauly

Quellen:
1)Internet, www.klosterleben-rlp.de; www.kloster-martental.de
2)Paul Zaunert, Rheinland Sagen, Jena 1924.
Paul Weitershagen, Eifel und Mosel erzählen, Köln 1990.
B. M. Steinmetz, in: Robert Kraemer, Am Sagenborn der Heimat (1), Kaisersesch 1955, S. 29-31

Empfehlung der Autorin:
Beginn der Wanderung am Kloster Martental, vorbei am Wasserfall „Die Rausch“ über die „Napoleonsbrücke“ weiter zum Tal der „Wilden Endert“ (Deutschlands schönster Wanderweg 2019) mit einigen restaurierten Mühlen nach Cochem (15 km), Einkehr in Göbels Mühle.

Genovevaburg und Clemenskirche in Mayen

Mayen wird auch das Tor zur Eifel, der vulkanischen Osteifel, genannt. Viele Etymologen haben sich mit dem Namen Eifel beschäftigt, doch zu einer eindeutigen Klärung ist es nie gekommen. Der keltische Wortstamm apa (Wasser, Bach) und das lateinische Wort aqua (Wasser) sollen die Eifel als Wasserland bezeichnen.[1]

Basaltlava und Dachschiefer geben der Stadt Mayen den dunklen Farbtupfer. Das Stadtbild von Mayen ist vor allem geprägt durch die Genovevaburg. Diese 700 Jahre alte Burg hat Besetzung, Zerstörung und Restaurierung miterlebt und wird seit 1921 als Museum genutzt. Seit ca. 150 Jahren nennt man die Burg Genovevaburg und verlegte die nun erzählte Sage nach Mayen:

Sage um Genoveva

Die sagenumwobene Burg erzählt die Geschichte des Pfalzgrafen Siegfried und seiner Gemahlin Genoveva von Brabant. Sie waren glücklich verheiratet und bisher kinderlos, aber der Wunsch nach einer fröhlichen Kinderschar war groß. Dem Grafen war bewusst, dass seine Frau eine große Anziehungskraft hatte, da ihre reizvolle Schönheit jeden in den Bann zog.

Eines Tages musste Siegfried an einem Kreuzzug teilnehmen und seine Frau zurücklassen, deshalb beauftragte er seinen ergebenen und treuen Freund Golo, für das Wohl seiner geliebten Frau zu sorgen. Doch dem Grafen war nicht bewusst, dass Golo sich in Genoveva verliebt hatte und sie innig verehrte. In der Abwesenheit des Grafen versuchte Golo daher, mit Annäherungsversuchen ihre Liebe zu erobern. Doch Genoveva war ihrem Mann treu ergeben und hatte nicht die Absicht, ihn zu betrügen. Auch die von Golo erfundene Nachricht, das der Pfalzgraf auf dem Meer umgekommen sei, konnte Genoveva in ihrer Treue nicht wankend machen.

Die Ablehnung und Abfuhr saß tief und war für Golos Ego sehr verletzend. Golo suchte nach Rache und Heimzahlung. Nicht mit ihm! Er übermittelte seinem Herrn, dass Genoveva eine Affäre mit dem Koch hatte und den Grafen hinterging. Vor Wut schäumend, entsetzlich enttäuscht und ohne Aussprache mit seiner Ehefrau ordnete er an, dass zwei Schergen sie in den tiefsten Wald bringen und dort töten sollten. Doch die beiden hatten Mitleid, da sie nie von ihrer Herrin in irgendeiner Weise schlecht behandelt wurden. So ließen sie sie an einer unauffindbaren Stelle zurück mit dem Versprechen, nie wieder zur Burg zurückzukehren. Sie gab ihr Ehrenwort und lebte fortan im Wald in einer Höhle und ernährte sich von den Früchten und Wurzeln der Natur. Ein Wunder ereignete sich, denn sie gebar einen Sohn, den sie mit ihrem Gemahl kurz vor seiner Abreise in den Krieg gezeugt hatte. Eine Hirschkuh, die ihr Junges verlor, spendete dem Kleinen Milch, so die Sage.

Nach Jahren, wie der Zufall es wollte, kam Siegfried zur Jagd in den Wald und entdeckte die vermeintlich verloren Gegangene mit seinem Sohn, der ihm wie aus dem Gesicht geschnitten war. Unter Tränen kam endlich die Wahrheit ans Licht. Siegfried bat um Vergebung und Versöhnung. Durch eine Lüge hatte solch ein Unrecht stattgefunden. Der angebliche Freund Golo musste daher auf das Schlimmste bestraft werden. Golo kam zunächst ins Gefängnis und wurde anschließend gevierteilt.[2]

Genoveva lebte nicht lange. Die Jahre der Entbehrung hatten sie gezeichnet. Nach ihrem frühen Tod ließ Siegfried eine Kapelle bauen, in der sie und die Familie ihre letzte Ruhestätte fanden. Das Altarbild von 1667 der Fraukirch in Thür, in der Nähe von Mayen, erzählt in kunstvoller plastischer Darstellung die oben erzählte Sage. Reliefs in Mayen und Maria Laach verweisen auf

Genoveva mit ihrem Sohn. Die schmerzliche und traurige Geschichte von Genoveva von Brabant bot auch Inspirationen für die Dichtung, Musik und Literatur (Roman von Marcel Proust, A la recherche du temps perdu/Auf der Suche nach der verlorenen Zeit).

Der gewundene Turm der Clemenskirche

Der schiefe Turm der Clemenskirche ist ebenfalls ein Wahrzeichen der Stadt. Um 600 begann es zunächst mit einer kleinen Holzkirche, einer Steinkirche und dann folgte eine Saalkirche, ehemals in romanischen, später im gotischen Stil. Die Kirche wurde im Zweiten Weltkrieg zerstört. Der Wiederaufbau nach dem Krieg berücksichtigte auch eine Besonderheit, nämlich der früher schon gewundene Kirchturm wurde rekonstruiert. Aber wie kam es zu diesem eigenartigen Kirchturm?

Zwischen 1350 und 1360 begannen die Mayener, eine Kirche zu bauen, die groß und prächtig werden sollte. So arbeitete man in den Mayener Basaltgruben, um mächtige Basaltbrocken zu brechen. Der Bau der Kirche ging nicht so recht voran, da die Beschaffung der Basaltsteine auf sich warten ließ. Eines Tages, als die Bauleute wieder auf die Steine warten mussten, kam ein Fremder daher mit einer Hahnenfeder am Hut und einem langen Mantel, der bis auf den Boden reichte. Er bemühte sich, seinen Klumpfuß unter dem Mantel zu verbergen, doch die Bauleute hatten ihn doch entdeckt und wussten jetzt: Das kann nur der Teufel sein! Der Teufel fragte die Männer, was sie da bauten. Er habe gehört, dass es ein Tanzsaal mit integriertem Wirtshaus werden sollte. Die Bauleute bestätigten dies und der Teufel war so froh darüber, dass er versprach, beim Aufbau zu helfen.

Am nächsten Morgen stellten die Arbeiter erstaunt fest, dass über Nacht so viele Basaltblöcke zum Bau gelangt waren und dass sie zum Fertigbau der Kirche reichen würden. Sie begannen fröhlich ihre Arbeit und die Kirche wuchs rasch empor. Bald war sie fertig. Die Mayener bereiteten ein großes Fest, die Kirchweihe, vor. Während des Einzugs des Bischofs flog der Teufel über Mayen, um das Wirtshaus zu betrachten und mit den Mayenern zu feiern. Als er jedoch statt des Wirtshauses das Gotteshaus vorfand, griff er wutentbrannt nach dem hochragenden Kirchturm, um ihn durchzubrechen. Er zog, zerrte daran und drehte ihn, doch vergeblich: der Turm hielt den Angriffen stand. Der Teufel erkannte seine Ohnmacht und fuhr heulend davon.

In Wirklichkeit war es ein Konstruktionsfehler der Zimmerleute, zum einen die schwere Schiefereindeckung und zum anderen der meist aus Westen wehende Wind, die den Turm zu einem schiefen Turm machten und zum Wahrzeichen der Stadt. Das goldene Kreuz ist weit über die Stadt Mayen hinaus sichtbar.

Ramona Junglas

Quellen:
Christiane Flock, Sagen und Legenden aus der Eifel, Daun 2020, S. 73-83.
Paul Weitershagen, Eifel und Mosel erzählen, Köln 1990, S. 33-38.
Internet, www.dilibri.de: Landesbibliothekszentrum Rheinland-Pfalz/ Die Genovevalegende, S. 15-27.

Empfehlung der Autorin:
Hearonymus App herunterladen, darin befinden sich detaillierte Informationen über das Eifelmuseum und seine Sektionen:
Arbeit im Steinbruch, Leben des Layers, Bearbeitung des Steins aus Basaltlava
Die Genovevaburg: Prägung der Menschen durch die Vulkanlandschaft
Schieferbergmuseum unter der Genovevaburg
Antiquarische Schätze in der Genovevaburg wie Eifelia Illustrata von Georg Friedrich Bärsch ab 1824. Nur am Mittwochnachmittag geöffnet.
Musical von Genoveva als CD in der Genovevaburg erhältlich
Seit 1982 finden die Mayener Burgfestspiele im Sommer im Hof der Genovevaburg statt. Die verschiedenen Aufführungen (z. B. ein Musical und ein Familienstück) sind immer sehens- und erlebenswert.
Thematische Stadtführungen und Rundgänge mit der Hearonymus App
Takenplatten im Schloss Bürresheim, Wanderung am Riedener Waldsee
Fraukirch in Thür, imposanter Altar mit Szenen der Genovevasage

Auf Spurensuche: „Der Goldene Wagen“

Der Legende nach liegt bei Mittelstrimmig im Hunsrück ein antiker Goldschatz vergraben. Die Suche nach Reichtum und Glück hat schon so manch einen in Goldgräberstimmung versetzt. Und das nicht nur im Wilden Westen. Möglicherweise liegt auch bei Mittelstrimmig im Hunsrück bis heute ein wertvoller Goldschatz verborgen. Zumindest, wenn man der nicht ganz so ernst gemeinten Ballade vom „Goldenen Wagen“ glaubt:
Es war an einem heißen, trockenen Sommertag im Jahr des Herrn, Anno Domini 321, als Suffus, seines Zeichens Feldherr des Römischen Reiches, vor Durst fast umkam. Die Sonne brannte erbarmungslos vom Himmel, die Mücken ließen bei der trockenen Hitze keine Gnade walten, und die Legionäre auf dem Stützpunkt des Strimmiger Berges suchten nach schattigen Plätzchen, um sich, vor der Hitze geschützt, ihrer Siesta hinzugeben. Nur einer wollte partout nicht ruhen. Suffus, der drei Zentner schwere Feldherr. Ihn dürstete es nach dem edlen Rebensaft, der an der naheliegenden Mosel angebaut wurde. Der vor Durst bereits völlig erschöpfte Feldherr nahm seine allerletzte Kraft zusammen und befahl: „Bringt mir Pferde und Wagen, ich will zur nächsten Kaschemme fahren.“ Suffus Untergebene gehorchten murrend, holten vier Schimmel und spannten sie vor einen Wagen, der ganz aus purem Gold war. Ungeachtet des Befehls seines obersten Dienstherren, des Kaisers, sah man Suffus sogleich hinter einer großen Staubwolke verschwinden. Das Ziel des Feldherrn lag nahe, denn unweit der Siedlung, dort, wo sich heute der Landgasthof „Zur Buche“ befindet, gab es auch zur damaligen Zeit schon ein Wirtshaus. Der immer ungehaltener werdende Suffus zog die Zügel an, sprang vom Wagen und stürmte ins Haus. Von dem verdutzten Wirt verlangte er sogleich einen Liter Wein, den er in einem Rutsch seinen Rachen hinunterlaufen ließ. Zwei weitere Humpen folgten, die Suffus ebenfalls in aller Eile in seine Kehle goss. Beim letzten Becher erst spürte er die fatale Wirkung des Alkohols. Er hob den Kelch zur Decke und sprach: „Großer Kaiser, dir zum Wohl“, und fiel um. Vier starke Männer, die ebenfalls im Gasthaus zugegen waren und die Szene beobachtet hatten, brauchte es, um den

ungehobelten Soldaten beim Schopf zu packen, nach draußen zu verfrachten, und auf seinen goldenen Wagen zu bugsieren. Von Westen her sah man schon ein Unwetter aufziehen. Der blaue Himmel hatte sich schwarz verfärbt. Der Wind pfiff, dass sich die Bäume bogen. Schon fielen die ersten Tropfen wie Steine vom Himmel. Die vier Schimmel, wie vom Blitz getroffen, rasten los. Mit an Bord der sturztrunkene Feldherr, der auf seiner goldenen Karre hin und her geschleudert wurde, wie auf einem Schiff im Sturm. Die Pferde kannten den Weg zurück, doch im Gewitterregen verpassten sie eine Kurve. Die Karre kippte um, die Deichsel zerschellte, die Achse brach. Es blitzte und krachte und der Wind heulte, sodass man meinte, der Teufel feiere ein Fest. Doch plötzlich wurde es totenstill. Im sumpfigen Morast des Ackers sank der wertvolle Wagen mitsamt den Pferden und blieb seitdem für immer verschwunden.

So lautet die Geschichte vom Römer Suffus und dem „Goldenen Wagen".

Zum Hintergrund der Legende: Tatsächlich gab es auf dem Strimmiger Berg einst ein größeres Straßendorf, das seine Blütezeit im 4. Jahrhundert n. Chr. erreichte. Die Siedlung, die sich östlich des heutigen Landgasthofs „Zur Buche" befand, diente der unmittelbaren Versorgung der Bevölkerung und war vergleichbar mit einer heutigen Kleinstadt. Neuere geomagnetische Prospektionen zeigen die „bislang einzige, vollständig erhaltene spätrömische Kleinfestung im nördlichen Rheinland-Pfalz, die nicht überbaut wurde."[1] Ein auf dem Acker gefundener Münzschatz mit mehr als 22.000 prägefrischen Folles (römische Münzen) hat vor einigen Jahren die Fantasie der Dorfbewohner beflügelt und die fast vergessene Legende vom „Goldenen Wagen" wieder in Erinnerung gerufen.

Wie so oft bei Sagen und Legenden kursieren auch hier verschiedene Versionen, deren Wahrheitsgehalt heute weder überprüft werden kann noch will. Eine weitere Geschichte besagt, dass man König Raimund, den Herrscher über die mächtige Stadt „Rainelsbreck", nach seinem Tod einen goldenen Wagen als Grabbeigabe mit auf den Weg ins Jenseits gab. Aber diese Version ist

doch zugegebenermaßen längst nicht so spannend, wie die vom ungehorsamen Feldherrn Suffus. Doch ganz gleich, ob der legendäre Schatz nun als Grabbeigabe diente, oder ob er versehentlich im Morast eines regennassen Ackers versenkt wurde. Bislang blieb der „Goldene Wagen“ verschollen. Dabei heißt es in der Legende, wer den kostbaren Schatz finden will, soll sich drei Stunden vor Tagesanbruch im Morgennebel an der Raimundsbrücke auf die Suche begeben. Und wer weiß: Vielleicht findet irgendein Glückskind ja eines Tages zufällig die richtige Stelle, an der es sich zu graben lohnt. Und falls nicht: Der Strimmiger Berg ist dennoch immer einen Besuch wert, allein wegen seiner landschaftlichen Schönheit und den traumhaften Wanderrouten.

Ulrike Platten-Wirtz

Quellen:
Fotografie des Hortfundes aus Mittelstrimmig: © GDKE, Dir. Landesarchäologie Koblenz/M. Neumann

1) Dr. Dr. Axel von Berg, S. 217

Dr. Dr. Axel von Berg, Römer in Mittelstrimmig, Heimatjahrbuch Cochem-Zell 2014, S. 217-220.
Manfred Millen, Die Ballade vom Goldenen Wagen, Chronik des Strimmiger Berges, S. 609-610.
Alfons Friederichs, Sagen, Legenden und Geschichten, Weißenthurm 2017, S. 305.

Empfehlung der Autorin:
Wanderung auf der Traumschleife Layensteig „Strimmiger Berg“ (Saar-Hunsrück-Steig), Einstieg am Portal Mittelstrimmig, Altstrimmig oder Liesenich
Geheimtipp: Besuch des Heimatmuseums in Mittelstrimmig (vorher anmelden unter Tel.: 06545-1619)

Heimat-
Museum

Das Fachwerkdorf Monreal in der Eifel

Acht Kilometer von Mayen entfernt liegt das malerische Dörfchen Monreal mit seinen 900 Einwohnern. Monreal (lat. mons = Berg und regalis = König) gilt als die „Fachwerkperle der Eifel“ mit seinen romantischen Winkeln und Gassen. Die schöne Lage im engen Elztal macht es zu einem der schönsten Dörfer in der Eifel und schmückt es mit vielen Auszeichnungen. Restaurierte Fachwerkhäuser aus dem 15. bis 18. Jahrhundert zeugen von den reichen Jahrhunderten der Tuchmacherstadt. Hoch über dem Dorf thronen die Ruinen der Löwenburg, auch als Burg Monreal bekannt, und die benachbarte Philippsburg, die auch im Volksmund die Rech genannt wird. Sie stammen von dem ehemaligen Grafengeschlecht der Virneburger. Neben dem 25 Meter hohen Bergfried der Löwenburg sind heute noch die Reste der Vorburg und eines Wohngebäudes zu sehen.

Bundesweit bekannt wurde Monreal als Drehort für die deutsche Krimiserie „Der Bulle und das Landei“ mit Uwe Ochsenknecht und Diana Ampft in den Hauptrollen. Auch für die Actionserie „Alarm für Cobra 11“ wurde in Monreal gedreht. Die Fernsehpräsenz kurbelte den Tourismus des Dorfes kräftig an.

In der Nähe der Johannes-Nepomuk-Brücke im historischen Stadtkern steht ein wunderschönes spätmittelalterliches Viergiebelhaus aus dem Jahr 1452, das heute das Standesamt von Monreal ist. An der Mauer hing einst ein Stempel mit dem Bild eines zerzausten Hundes. Leider wurde der Stempel vor Kurzem entwendet. Was hatte es denn damit auf sich? Nachfolgend wollen wir das Geheimnis des treuen Hundes von Monreal lüften.

„Hau ab, du dreckiger Köter! Du Mistvieh!“, brüllte der Knecht fluchend im Burghof zu Monreal. Dann versetzte er dem Hund einen heftigen Tritt. Vor Schmerz aufheulend, schleppte sich das Tier mühselig weiter. Der Knecht hatte dem Tier eine starke Wunde zugefügt, die sofort zu bluten anfing. Verwahrlost, schielend, dreckig und hässlich wie die Nacht, so sah dieses Lebewesen aus. Das Herz eines Menschen konnte der Hund durch sein Aussehen nicht erobern. Nur ein Kind konnte über das Äußere hinwegsehen, so die kleine Hilde, die Tochter des Burggrafen. Das Mädchen hatte Mitleid, lief zu dem hinkenden Hund, schlang seine Ärmchen um das Tier und flüsterte tröstende Worte in sein Ohr. Das Tier wiederum bedankte sich durch kleine Gesten, indem es zärtlich die Kinderhand ableckte und den Kopf in den Schoß des Mädchens legte. Der Burgherr sah dies, fuhr sein Kind harsch an und schickte es auf sein Zimmer, weg von diesem verlausten Tier. Dort sollte sich das Kind gründlich reinigen. Der Burgherr befahl seinem Stallburschen, das Tier vom Hof zu entfernen und es an einer tiefen Stelle des Elzbaches zu ertränken. Mitleid hatte der Burgherr in keinster Weise. Ein Lebewesen, das es galt auf dieser Erde existieren zu lassen, auch wenn es alt und hässlich war, passte nicht in sein Denkschema. Der Knecht machte sich widerwillig mit dem Hund auf den Weg, jedoch von Zweifeln geplagt. Auf seiner Suche nach einer geeigneten Stelle traf er Jan, den Sohn des Holzhauers, der ganz in der Nähe in einer kleinen bescheidenen Hütte mit seinem Vater wohnte. Jan war unterwegs auf Krebsfang. Das waren noch Zeiten!

Der Knecht erzählte ihm, dass der feine Burgherr dieses hässliche Tier loswerden wolle und ihm den Auftrag gegeben habe, es an einer tiefen Stelle zu ersäufen. Die beiden suchten gemeinsam nach einer geeigneten Stelle. Jan war die Aktion nicht geheuer, da der Hund niemandem etwas getan hatte. Nur weil man hässlich ist, hat kein Lebewesen auf dieser Erde den Tod verdient. Der Knecht, dem diese Tat auch zuwider war, machte nach einer kurzen Weile den Vorschlag, dass Jan das Tier ertränken solle. Dafür wollte er sich mit einem Zuckerfladen für die Drecksarbeit bedanken. Sie verabschiedeten sich und Jan trottelte zu dem Ort, wo er den Hund ersäufen wollte. Doch es kommt im Leben immer anders als man denkt. An der besagten Stelle legte Jan sich ins Gras, aß einen Happen vom Zuckerfladen, reichte dem Hund auch ein Stück des Fladens als Henkersmahlzeit. Der Hund bemerkte die Zuneigung und flehte den Jungen mit seinen treuen Augen an, so dass er Mitleid mit ihm bekam, denn nichts in der Welt rechtfertigte den Tod des ausgehungerten Tieres. Jan schlenderte gemeinsam mit dem Hund nach Hause, erzählte seinem Vater die traurige und herzlose Geschichte und erklärte ihm, dass es unmöglich für ihn war, den Hund zu ertränken. Jans Vater freute sich über die wunderbare Entscheidung seines Sohnes und kraulte das Tier hinter den Ohren und beließ es dabei. Das Wenige, was sie zu essen hatten, würden sie mit dem Hund teilen. Sie boten ihm eine bescheidene Hütte und das Leben an.

Einige Monate später an einem kalten Frühlingstag machte sich die kleine Hilde zum Spielen auf den Weg zum Bach Elz. Kinder sind immer fasziniert und angezogen vom Wasser, so auch unser Hildchen. Am Ufer wollte sie Blumen für die Mutter pflücken und den Eisschollen zusehen, wie sie im Wasser trieben. Den Eltern hatte sie nicht mitgeteilt, wo sie den Nachmittag verbringen wollte. Eine Überraschung und ein kleines Präsent sollte es für die Gräfin sein. Stunden um Stunden vergingen, und es brach bald die Dunkelheit herein. Die Herrschaften machten sich Sorgen, überall suchte man das kleine Mädchen, jeder Winkel wurde abgegangen und die Mägde und Knechte wurden eingesetzt, doch vergebens. Die Gräfin ging in die Kapelle, zündete Kerzen an und betete inständig, dass der liebe Gott ihre Gebete erhören möge und ihrer Tochter nichts zugestoßen sei. Die Gräfin befragte auch den kleinen Bruder von Hilde. Hubert gab wichtige Hinweise auf den Verbleib seiner Schwester. Er vermutete, dass sein Schwesterlein unten an der Elz zu finden sei. Alle machten sich auf den Weg mit Stangen und anderen Hilfsmitteln. Nach langem Umherirren entdeckte man das Mädchen zitternd und weinend auf einer Eisscholle treibend, einen Strauß Schneeglöckchen fest in der Hand. Der Burgherr wollte sofort seine Tochter retten, doch die Knechte hielten ihn davon ab, da es zu gefährlich sei. Mit Stangen, Haken und Stricken versuchte man, die Scholle zu greifen, doch es war aussichtslos. Die Gräfin brach zusammen und

fürchtete um das Leben ihres Kindes. Der Burgherr versprach eine immense Belohnung, demjenigen, der sie retten könne. Die Schollen drifteten weiter und weiter in den Stromschnellen und näherten sich einem steilen Wasserfall. Die Katastrophe kam immer näher, und alles mussten die entsetzten Eltern mit ansehen. Die Hilferufe des Kindes drangen erbarmungslos an ihre Ohren. Es war herzzerreißend. Mitten in dieser aussichtslosen Situation sprang der gerettete Hund von Jan in die Fluten der Elz und schwamm instinktiv zur Eisscholle des Kindes, das er wiedererkannte. Man befahl dem Kind, sich am Fell des hässlichen, zerzausten Hundes festzuhalten. Das Kind gehorchte und klammerte sich an seinen Retter, der das kleine Mädchen wohlbehalten an das Ufer brachte. Die Eltern und die Zuschauer jubelten vor Freude, wickelten das Kind in warme Tücher und kümmerten sich natürlich auch um den Hund. Der Graf erkannte selbstverständlich das Tier wieder und war riesig froh, dass sein Befehl damals nicht ausgeführt wurde. Keinerlei Vorwürfe wurden dem Knecht gemacht. Jeder, der bei der Rettung dabei war, wurde großzügig belohnt. Jan und sein Vater bekamen ein Stück Land geschenkt, das sie bebauen durften. Der Hund war von nun an immer in Begleitung des Burgfräuleins. Aus Dankbarkeit ließ der Graf sogar die kleine Kapelle Mettburg erbauen.

Ramona Junglas

Quellen:
Alois Mayer, Ritter, Burgen, Gold'ne Schätze, Burgensagen aus der Eifel, Edition Eyfalia 2012, S. 220-223.
Internet:https://sonne-wolken.de/monreal-schoenstes-dorf-der-eifel/
https://www.elzerland.de/sagen-mythen/der-treue-hund-von-monreal

Empfehlung der Autorin:
Rundgang durch Monreal mit seinen schönen historischen Fachwerkhäusern und der Pfarrkirche entlang des Elzbachtales; Die Johannes-Nepomuk-Brücke im Zentrum mit einem steinernen Löwenquartett aus dem 15. Jahrhundert; Traumpfad Monrealer Ritterschlag, 14 km rund um Monreal (Deutschlands schönster Wanderweg 2011); Besuch der Löwen- und der Phillipsburg

Das Stollenmännchen im Kaulenbachtal

Das Kaulenbachtal zählt heute zu einer historischen Industrielandschaft und wurde 1993 zur denkmalgeschützten Zone deklariert. Von 1695 bis 1959 wurde hier hochwertiger Schiefer abgebaut, der sehr widerstandsfähig und haltbar war. Dieses Sedimentgestein konnte man sehr gut in wenige Millimeter Dicke spalten. Tagtäglich musste der Schieferbrecher in den bis zu 200 Meter tiefen Schacht hinuntersteigen. In kaum noch vorstellbarer, sehr mühevoller Handarbeit wurde der Schiefer abgebaut und in Rückentragen, die bis zu 150 Kilo fassten, nach oben transportiert. Die Schieferblöcke wurden dann in Handarbeit zu dünnen Dachschindeln oder zur Verschönerung von Fassaden gespalten. Viel Schieferabfall blieb übrig, davon zeugen die hohen, landschaftsprägenden Restehalden noch heute. Mit Ochsenkarren wurde der Schiefer zum Moseldörfchen Klotten transportiert, von wo aus es mit den Flussschiffen zum Rhein bis zu den Niederlanden weiter ging.
Die Arbeit war hart, mühsam und oft lebensgefährlich, wodurch die Lebenserwartung nur zwischen 45 und 50 Jahren lag. Um 1850 wurde ein Tageslohn von 80 Pfennig ausgezahlt. Das Geld reichte nicht, um die Familie zu ernähren, deshalb kam nach der Schachtarbeit noch die Feldarbeit hinzu. Später erleichterten Strom, Presslufthammer und Lorewagen die schwere Arbeit.
Nachdem es 1959 einen dramatischen Wassereinbruch in der Grube Maria Schacht gab, wurde der Abbau eingestellt. Außerdem wurde in den 1960er-Jahren Eternit, ein Faserzement, sehr populär und verdrängte den Naturschiefer vom Markt.

In der Nähe des Julius-Stollens erinnert ein Stein mit eingemeißeltem Bergwerksmann, einem Kobolt und einer Leiter an eine bekannte Sage. Nämlich:

Die Sage vom Stollenmännchen im Kaulenbachtal
Einst verliebte sich ein armer Schiefergräber in ein junges Dorfmädchen aus Müllenbach. Beide waren arm und besaßen kaum Geld, obwohl sie hart arbeiteten. Das junge Paar wollte heiraten,

und sie sehnten sich nach einem kleinen Häuschen. Aber ohne Erspartes war das wohl ein unerreichbarer Wunschtraum.
Eines Tages stieg der junge Mann, wie er es so oft tat, in den Schacht des Kaulenbachtals tief unter der Erde. Die nasskalte Luft war dünn und tief im Inneren herrschte gespenstische Dunkelheit, die nur durch das flackernde Licht einer Petroleumlampe erhellt wurde. Der junge Mann kannte diese Atmosphäre sehr gut und wusste, dass es sinnlos war, Angst zu haben. Als er nach Stunden der harten Arbeit sein trockenes Brot hervornahm - sparen für die Zukunft war auch beim Essen angesagt - sah er plötzlich ein winziges Männlein vor sich herum zappeln. Es reichte ihm wortlos die Hand und führte ihn durch die ihm bekannten, verwinkelten Gänge. Zu seiner Verblüffung ging es jedoch über eine Strickleiter weiter in die Tiefe einer riesigen Felsenhöhle. Er konnte seinen Augen kaum trauen, denn vor ihm glitzerten riesige Gold- und Silberberge. Das Kaulenmännchen forderte ihn auf, er möge sich reichlich an dem Schatz bedienen. Das ließ der einfache Bergmann sich nicht zweimal sagen und begann, all seine Taschen mit dem wertvollen Metall vollzustopfen. Welch ein Glückspilz er war - so könnte er bald ein Heim sein Eigen nennen, all seine Träume rückten in greifbare Nähe. Nur eine einzige Bedingung hatte das Stollenmännchen: Er durfte niemanden von dem Schatz erzählen. Absolutes Stillschweigen musste er bewahren. Nichts leichter als das, dachte der junge Bursche. Glückserfüllt machte er sich auf den Rückweg, kam zum Schachtausgang und kehrte im Schutz der Dunkelheit auf Schleichwegen beschwingt zurück zu seinem bescheidenen Elternhaus. Er erzählte jedoch weder seinen armen Eltern noch seiner Verlobten von der Begegnung.
Das Aufgebot zur Hochzeit wurde bald bestellt, und die Heirat wurde ausgiebig mit den Dörflern gefeiert. Die einfachen Gäste hatten noch nie zuvor eine so ausgelassene Feier erlebt, mit Tanz und Musik und vielen köstlichen Speisen und Getränken, die in Hülle und Fülle aufgetischt wurden. Man forderte den Bräutigam heraus, seinen plötzlichen Reichtum zu erklären, doch dieser schwieg wie ein Grab. Seine Lippen waren versiegelt und er hüllte sich in Schweigen, so, wie er es dem Kaulenmännlein versprochen hatte.

Doch die Neider und Hetzer bedrängten ihn immer wieder und ließen ihm keine Ruhe. Schließlich, bei einem Saufgelage, wo der wunderbare Rebensaft der Mosel in Strömen floss, war er nicht mehr Herr seiner Sinne, und er verplapperte mit loser Zunge das Geheimnis des Stollenmännchens. Sofort machten sich die Kumpel zusammen auf den Weg zur Grube, um noch mehr Gold und Silber zu bergen. Aber nur er allein stieg den Schacht hinunter, denn nur er kannte ja den Weg und das Männlein. Die Anderen sollten auf ihn warten und die Schätze entgegennehmen. Zweifelnd Unrechtes zu tun und wissend, dass er sein Versprechen gebrochen hatte, stieg er hinab. Die Kumpel warteten - jedoch vergebens.
Man erzählt sich bis heute, dass das Stollenmännchen Rache nahm, indem es den jungen Mann erwürgt habe, so erbost und enttäuscht war das Kaulenmännchen über den Wortbrüchigen.
Man suchte in jedem Winkel des Stollens nach dem Schatz, aber den fand man nie. Nur den Leichnam des jungen Bergwerkmannes konnte man in einem zerfallenen Stollengang bergen. - Hätten Sie das Geheimnis bewahrt?

Dagmar Lülsdorf-Mudersbach

Anmerkung: Kaule bedeutet Grube, rundliche Vertiefung, Loch

Quellen:
Alfred Lehnen, Schweigen ist Gold. In: Robert Kraemer, Am Sagenborn der Heimat (1), Kaisersesch 1955, S. 40-41
Alfons Friderichs, Sagen, Legenden und Geschichten im Kreis Cochem-Zell, Weißenthurm 2017, Das Stollenmännchen, S. 319–320.
Film: Eine spannende Zeitreise ins Schieferland rund um Kaisersesch, SWR Fahr mal hin, Schieferbergwerke Kaulenbachtal bei Müllenbach unter: www.kuladig.de/Objektansicht/KLD-273498

Empfehlung der Autorin:
Verein zur Erhaltung der Schieferbaugeschichte: Führung anmelden
Dokumentation der Geschichte des Schieferbergbaus im Kulturzentrum (ehemaliges Pfarrhaus) in Müllenbach
Seltene Tier- und Pflanzenarten, Naturschutzgebiet seit 1988
Schiefergrubenrundwanderweg (5 km) Startpunkt Müllenbach: Schieferhalden, Julius-Stollen, Grube Maria Schacht, Trasse der ehemaligen Schiefer-Grubenbahn, Loren, nachgebautes Spalthaus mit Infotafeln
Schieferregion Kaulenbachtal Rundwanderung (14,5 km) über Wallfahrtskirche Martental
Katzengold suchen nur mit Führung möglich im Naturschutzgebiet

Sage von der Entstehung der Kapelle auf dem Petersberg bei Neef

Der schmale, von der Mosel umflossene Berggrat des Petersberges bei Neef bildet einen der historisch interessantesten, gleichzeitig landschaftlich schönsten Punkte des Moseltals. Bereits aus der Ferne von Ediger und Eller aus, sieht man die hochgelegene Neefer Friedhofskapelle, die auf die Flussschiffe und den Eingang des Kaiser-Wilhelm-Tunnels herunterschaut. Von dort und vom nahegelegenen Eulenköpfchen gibt es überwältigende Ausblicke auf den mächtigen Moselbogen. In alten Zeiten wollten die Bewohner von Neef eine neue Kirche im Tal bauen, da die alte baufällig und zu klein geworden war. Alle schafften fleißig Baumaterial herbei - auch die Frauen des nahegelegenen Klosters Stuben unterstützten das Vorhaben mit Geld und Rat. Aber wie staunten die Menschen am nächsten Tag. Alles, was man gestern zusammengebracht hatte an Steinen und Holz, fanden sie oben auf der Höhe. Nachdem sich der vermeintliche Raub im Verlauf der nächsten Tage mehrmals wiederholte, wurden mutige Männer zur Wache abgestellt und siehe, vom Mitternachtshimmel glitten Engel hernieder, und die Wächter fielen auf die Knie und beteten. Die heilige Schar brachte das Material hinauf zur ausgewählten Stelle. Jetzt erkannte man Gottes Willen und baute die neue Kirche oben auf dem Petersberg und weihte daneben den Friedhof ein. Seitdem werden die Toten von Neef auf ihrem letzten Weg hier hinaufgebracht und zur letzten Ruhe bestattet. In dieses Bild passt ein Gedicht von Ludwig Uhland: „Droben stehet die Kapelle, schauet still ins Tal hinab, drunten singt bei Wies und Quelle, froh und hell der Hirtenknab´. Droben bringt man sie zu Grabe, die sich freuten in dem Tal, Hirtenknabe, Hirtenknabe, dir auch singt man dort einmal!“

Annelie Kockler

Quellen:
Wendelin Duda, Freiburg 2011, Sagen der unteren Mosel von Kobern bis Cochem, Seite 104.
Franz-Josef Blümling, Neef 2015, Die Historie des Neefer Peterberges mit seiner Kapelle und der uralten Friedhofstradition, Seite 17/18.

Empfehlung der Autorin:
Wanderweg zur Petersbergkapelle und zum Eulenköpfchen: Beginn am Brunnenplatz am Moselufer, über die Fährstraße und die Bahnbrücke erreicht man die Weinlagen Rosenberg und Frauenberg. Der Anstieg durch die Weinberge mit artenreicher Flora und Fauna führt zur Peterskapelle und zum einzigen Höhenfriedhof an der Mosel (2013 wurde er zum drittschönsten Friedhof Deutschlands gewählt) und nach weiteren 100 Metern zur ehemaligen römisch-fränkischen Bergfestung Eulenköpfchen. Hier eröffnet sich ein grandioser Blick auf den Calmont, den steilsten Weinberg Europas und zu den Dörfern Bremm, Ediger-Eller und Neef. Der Abstieg führt durch die Weinberge zum Kloster Stuben. Von dort geht es entlang der Mosel zurück nach Neef.

Das Frauenkloster Stuben am Moselstrand bei Bremm und Neef

Auf der gegenüberliegenden Seite des Calmonts (steilster Weinberg Europas an der Mosel) liegt inmitten einer der schönsten Moselschleifen die Ruine der 1685 erbauten Klosterkirche von Stuben. Im Mittelalter stand das Kloster auf einer Insel, da ein Arm der Mosel am Stubener Wald vorbeifloss. Anno 1138 stiftete der adlige Grundbesitzer Ritter Egelolf einen beträchtlichen Teil seiner Güter, die zum Teil auf der Stubener Insel lagen, dem Kloster Springiersbach mit der Auflage, in Stuben ein Augustinerinnen-Kloster zu gründen. Es sollte dem heiligen Nikolaus geweiht sein.

Dies war der Wunsch seiner einzigen Tochter Gisela, die als Nonne ihr Leben Gott weihen wollte. Bevor Gisela ins Kloster eintrat, hatte sie ein schwerer Schicksalsschlag getroffen.

Einige Tage vor ihrer geplanten Hochzeit mit Ritter Bertold stand Gisela am Moselufer und erwartete sehnsüchtig die Rückkehr ihres Bräutigams aus Trier. Als sich endlich das bunt geschmückte Schiff mit den geladenen Hochzeitsgästen aus Trier dem Moselufer näherte, sprang der Bräutigam freudig erregt ins Wasser, um seine Braut zu umarmen. Da die Mosel an dieser Stelle unerwartet tief war, und die schwere Ritterrüstung ihn in die Tiefe zog, ertrank er vor den Augen seiner Braut. In ihrem Schmerz beschloss Gisela, fortan als Klosterfrau zu leben. Sie trat wenige Jahre später in das neu gegründete Kloster Stuben ein und wurde dort die erste Äbtissin. Die Nonnen von Stuben nannten sich sorores de insula beati nicolai in Stuppa (Schwestern der St. Nikolaus-Insel in Stuben). Die Klosteranlage bestand aus der Klosterkirche, Wohngebäuden, Gärten und Wiesen und war von einer Mauer umgeben. Dem Abt vom Kloster Springiersbach war daran gelegen, die Klostergemeinschaft in Stuben zu beaufsichtigen. Daher schickte er einen seiner Mönche als Prior in das neu gegründete Kloster. Dieser versah den Gottesdienst, kümmerte sich um die Seelsorge der Nonnen und überwachte die Ausgaben des Klosters. Im Laufe der Zeit bekam das Kloster viele Schenkungen in Form von Wald, Weingärten und Gebäuden. So wurde

es immer vermögender. Die kostbarste Schenkung erhielt Stuben im Jahr 1208 vom Kreuzritter Heinrich von Ulmen: das Siegeskreuz der Kaiser von Byzanz, die Staurothek, auch Kreuzeslade genannt, ein Meisterwerk aus der Mitte des 10. Jahrhunderts. Während des 4. Kreuzzuges, an dem auch Heinrich teilnahm, wurde Konstantinopel von den Kreuzfahrern gestürmt und geplündert. Unzählige Reliquien und Kunstschätze wurden geraubt. Heinrich erbeutete ein wertvolles Sanctuarium (Heiligtum) in Form eines griechischen Doppelkreuzes mit Partikeln des heiligen Kreuzes Christi. Zuvor waren um das Jahr 964 diese Kreuzpartikel von einem byzantinischen Goldschmied in Gold gefasst, mit Juwelen geschmückt und in eine Staurothek (griechisch Behälter) eingesetzt worden. Diese hat die Maße 48/35/6 cm (L, B, T). Zusammen mit dem Kreuzreliquiar wiegt sie circa 11 Kilo. Heute befindet sich das Kunstwerk von unschätzbarem Wert im Limburger Domschatz. Nach seiner Heimkehr vom Kreuzzug hatte Heinrich von Ulmen die Verpflichtung, dieses kostbare Reliquiar würdig und sicher aufzubewahren. Deshalb schenkte er es dem Kloster Stuben, wo seine Schwester Irmgard zu dieser Zeit Priorin war. Über die Jahrhunderte kamen viele Gläubige, einfache Wallfahrer, aber auch hochgestellte Persönlichkeiten, zum Beispiel der Kaiser des Heiligen Römischen Reiches, Maximilian I., der sich 1512 auf dem Weg nach Trier zum Reichstag befand, um die Kreuzesreliquie zu verehren. Sie stand auf dem Altar der Klosterkirche. Durch die Reliquienverehrung kamen viele Pilger nach Stuben, und so floss reichlich Geld in die Klosterkasse. Nach der Schenkung galt das griechische Doppelkreuz als Symbol des Klosters Stuben. Es findet sich noch heute auf Grenzsteinen ehemaliger Stubener Besitzungen sowie in den Wappen der Moselgemeinden Bremm und Neef.
Wie lebten die Augustinerinnen im Kloster Stuben?
Im Mittelalter vermittelten die Frauenklöster den Töchtern der höheren Stände eine gehobene geistige Bildung, was dazu führte, dass innerhalb der Adelsfamilien gebildete Frauen häufiger

waren als gebildete Männer. Hatte eine Adelsfamilie mehrere Töchter zu versorgen, war es üblich, dass mindestens eine ins Kloster eintreten musste, um versorgt zu sein. Nach der Bestätigung der Schenkung Egelolfs vom Jahre 1138 durch den Kurfürsten von Trier wurden die begonnenen Klosterbauten vollendet und die dazu gehörige Kirche errichtet. Der Abt Richard II. von Springiersbach legte fest, dass die Zahl der aufzunehmenden, adligen Jungfrauen und Witwen die Zahl 100 nicht überschreiten sollte. Die Ordenstracht bestand aus einem weißen Kleid mit großem weißem Kragen, einem schwarzen Mantel, einem schwarzen Schleier und einem Rosenkranz am Gürtel. Die Meisterin des Klosters musste sich nach den Vorschriften des Priors richten, den das Kloster Springiersbach dorthin entsandte. Trat eine junge Frau in das Kloster ein, verlangte dieses die entsprechende Mitgift von deren Familie, die in den meisten Fällen hoch war, allerdings meist niedriger als ein Heiratsgut, das sie in die Ehe eingebracht hätte.
Beim Eintritt in die Klostergemeinschaft nahm der Abt von Springiersbach die feierlichen Gelöbnisse der Nonnen entgegen im Beisein der Familien und von Vertretern der umliegenden Orte. Um persönliche Dinge zu finanzieren, war es üblich, dass die Nonnen von ihren Familien ein sogenanntes Spielgeld bezogen. Regelmäßige Visitationen vom Abt aus Springiersbach waren unausweichlich. In Stuben lebten die Klosterfrauen meist so, wie sie es selbst für richtig hielten. Sie versuchten geschickt, die Weisungen des Abtes zu umgehen und sich ihre eigenen Gesetze zu machen. Dies hatte zur Folge, dass die Nonnen von Zeit zu Zeit zu mehr klösterlichem Leben ermahnt wurden.
Der bedeutendste Trierer Kurfürst und Erzbischof Balduin von Luxemburg (1307-1354) hatte eine gute Beziehung zum Kloster Stuben. Er beschenkte es reich und bedachte es auch später in seinem Testament. 1352 musste Balduin auf Bitten der Äbtissin die Zahl der Nonnen auf 40, später auf 30 herabsetzen. Durch Missernten hatte sich die finanzielle Situation des Klosters sehr verschlechtert. Die Nonnen nagten aber keineswegs am Hungertuch. Das Kloster besaß durch Schenkungen und Vermächtnisse viele Liegenschaften, so auch die besten Weinberge der Umgebung. Eine heutige sehr gute Weinlage heißt Neefer Frauenberg und ist nach den Nonnen von Stuben benannt. Zur Lagerung der Weine reichte der Klosterkeller oft nicht aus. Daher mussten in den umliegenden Orten Keller angemietet werden. Ein großzügiger Gönner des Klosters war auch Johann von Eltz, der den Stubener Nonnen jährlich ein Ohm (163 Liter) vermachte.
Zu seinem Anniversario (Geburtstag) war dieser Wein am Morgen und am Abend zu trinken. Bei 40 Nonnen erhielt jede von ihnen circa 4 Liter Rebensaft. In der Chronik des Ortes Neef findet man unter dem Datum des 9. September 1374 eine interessante Eintragung. Der Erzbischof Cuno II. aus Trier ordnete an, dass dem Kloster Stuben das Recht zustand, auf der Neefer Kirmes am 14. September jährlich den Kirmeswein auszuschenken. Da die Stubener die Kirchenhoheit über die Pfarrei Neef hatten, war der Kaplan im Kloster Stuben untergebracht. Für dessen Unterhalt mussten die Neefer den Zehnten ihrer Ernten in Stuben abgeben, darunter auch eine ansehnliche Menge

Wein. Die in großer Armut lebenden Neefer Bauern entrichteten den Zehnten ihrer Ernten nur mit Unmut und Widerwillen. Deshalb ersannen sie eine List und lieferten statt des guten Weines ihren Anteil in Flubbes, der aus Tresterresten mit viel Wasser versetzt, gewonnen wurde. Es handelte sich um ein minderwertiges Gesöff. Schnell kamen die verwöhnten Damen des Klosters hinter diese Schliche. Sie ließen den Flubbes einfach im Neefer Zehnthaus liegen und schenkten ihn den Neefern im kommenden Jahr als Kirmeswein aus. Ab 1530 änderte der Kurfürst und Erzbischof Richard von Greiffenklau die strengen Fast- und Abstinenztage sowie die Kleidervorschriften der Klosterfrauen. Im 18. Jahrhundert lockerten sich die strengen Sitten im Kloster weiter, wobei sich die Missstände vergrößerten. Vergeblich ermahnte der Abt von Springiersbach die Nonnen, die Klosterregeln streng zu beachten, geistliche Übungen nicht zu vernachlässigen, ein sparsames Leben zu führen und keinen (Herren-)Besuch über Nacht zu beherbergen. Einen detaillierten Einblick in das Leben einer jungen Frau im Kloster Stuben erhalten wir aus den Akten des Hauptarchivs in Koblenz. Es handelt sich um Maria Theresia von Sohlern, die 1755 als zweites Kind des Freiherrn von Sohlern und seiner Frau Anna Theresia von Bastheim, aus altem Reichsadel stammend, in Koblenz geboren wurde. In den ersten Lebensjahren des Mädchens hatten die Eltern ihre liebe Not, mit dem verschlossenen, und wie sie glaubten widerborstigen Kind, umzugehen. Deshalb

gaben sie es im Alter von fünf Jahren bereitwillig an die Tante Therese von Sohlern, die kinderlos geblieben war, in Pflege. Diese erzog das schüchterne Kind mit viel Liebe und achtete darauf, dass alles für seine Bildung getan wurde. Nach dem Tod der Tante musste Maria Theresia mit zwölf Jahren wieder zu ihrer Familie zurückkehren. Eltern und Tochter waren sich fremd geworden. Nach reiflicher Überlegung fassten die Eltern den Entschluss, ihre Tochter nicht in eine Klosterschule, sondern in ein Kloster zu schicken. Ein Leben im Kloster bedeutete damals lebenslange, gesicherte Versorgung. Als Mitgift diente das von der Tante geerbte Vermögen. Maria Theresia wehrte sich, zukünftig lebenslang in einem Kloster zu bleiben. Im Winter 1769 war sie 14 Jahre alt und wurde gegen ihren Willen in Begleitung ihrer Eltern der Priorin von Stuben übergeben. Die Fragen, warum ihre Eltern sie weggegeben hatten, und ob sie wohl für immer im Kloster Stuben bleiben müsste, quälten sie sehr. Es fiel ihr schwer, sich an das strenge und eintönige Klosterleben zu gewöhnen. Mit 16 Jahren wurde sie Novizin. Jeden Tag sagte sie sich, ich will keine Klosterfrau werden. Ihr blieb aber keine Wahl. Mit 17 Jahren musste sie vor dem Abt von Springiersbach das Gelübde ablegen. In Stuben litt sie täglich unter den Intrigen der Klosterfrauen untereinander

und unter der zänkischen und herrschsüchtigen Oberin des Klosters. Immer stärker wurde ihr Wunsch, das Kloster zu verlassen. Ohne Wissen der Oberin teilte sie schließlich ihren Eltern mit, die Obrigkeit um Dispens von ihrem Gelübde zu bitten, damit sie das Kloster Stuben verlassen könne. Zehn Jahre gingen ins Land, ohne dass ihre Bitte erhört wurde. Sie erhielt von den kirchlichen Gremien eine Absage nach der anderen. Um das Ansehen des Klosters Stuben nicht noch mehr zu beschädigen, musste schließlich eine Lösung her. Im 18. Jahrhundert war eine Entlassung aus dem Kloster ein ungewöhnlicher Schritt. Nach eingehender Prüfung ihres Falles durch Kirchenvertreter stellte sich heraus, dass Maria Theresia von ihren Eltern gegen ihren Willen ins Kloster gedrängt worden war. Als sie 29 Jahre alt war, erhielt sie die erlösende Nachricht von Rom, dass ihr Dispens von ihrem Gelübde zu gewähren sei. Sie konnte das Kloster verlassen. Da sie nun unversorgt war, wurde von kirchlicher Seite verfügt, dass ihre Eltern und das Kloster Stuben, das ja die Mitgift erhalten hatte, Maria Theresia lebenslang finanziell unterstützen mussten. Im Laufe der Zeit mangelte es an Novizinnen im Kloster Stuben. Die Klostergemeinschaft war überaltert, und die klösterliche Zucht ließ sehr zu wünschen übrig. Es kamen immer weniger

Pilger nach Stuben, so dass auch die Einnahmen sanken. Im Jahre 1788 wurde Stuben von Kur fürst Clemens Wenzeslaus von Trier in ein freies Damenstift umgewandelt. Es sollte eine Versorgungsanstalt für ältere, adelige und wohlhabende Damen sein. Sie lebten hier ohne Gelübde im Kloster, waren aber zum Chordienst verpflichtet.1790 hob der Kurfürst Clemens Wenzeslaus das Kloster auf, denn die strenge Zucht hatte im Laufe der Zeit stark nachgelassen. Es herrschten sehr lockere Sitten.

Bedingt durch die einschneidenden Ereignisse der französischen Revolution flüchteten die Stiftsdamen 1792 auf die von den Franzosen freie rechte Rheinseite. Kloster Stuben hörte auf zu bestehen. Die Klostergüter wurden versteigert oder verpachtet, die kirchlichen Einrichtungsstücke auf die Kirchen der Umgebung verteilt und die Klosteranlage zum Abbruch freigegeben. Nach dem Wiener Kongress 1815 wurde das ehemalige Stift in eine staatliche Domäne umgewandelt, deren Besitz 1820 an Bürger der umliegenden Orte versteigert wurde. Heute steht nur noch die Ruine der Klosterkirche am Moselufer gegenüber des Ortes Bremm. Der Förderverein Calmont Region e.V. hat es sich seit 2002 zur Aufgabe gemacht, die Ruine der Klosterkirche zu sichern und zu einem stimmungsvollen Ort für Konzerte und Führungen sowie sonstige Veranstaltungen umzugestalten.

Marie-Theres Thomas

Quellen:

Der große Herder, BD. 2 und 5
Du Mont Kunst-Reiseführer, Die Mosel 1989.
Internetseite der Gemeinde Bremm
Josefine Wittenbecher, Die Frauen von Stuben, Porta-Verlag Trier 2006.
Robert Kraemer: Am Sagenborn der Heimat (2), Kaisersesch 1956.
F. Mentz, „Des Moselthals Sagen, Legenden und Geschichten", Norderstedt 2013.
Kultur- und naturkundliche Wanderfibel - Landkreis Cochem-Zell -. Beitrag u.a. von R. Schommers. Monschau 1991. S. 116 und 117.
Ernst Wackenroder, Die Kunstdenkmäler von Rheinland-Pfalz, Landkreis Cochem. Deutscher Kunstverlag Berlin 1959.
Karl Hessel, Sagen und Geschichten des Moseltals, Bonn 1896, Online: Landesbibliothekszentrum Rheinland-Pfalz Nr.108 Kloster Stuben S. 121.
Führer zu archäologischen Denkmälern in Deutschland, Cochem-Zell, Landschaft an der Mosel, Theissverlag Stuttgart (Band 46).
Franz-Josef Blümling, www.naves-historia.de

Empfehlung der Autorin:
Wandertipp: Klettersteig am Calmont in Bremm, Einstieg in Ediger-Eller, steilste Weinberge Europas, Trittsicherheit und Schwindelfreiheit erforderlich

Die Magie des Martbergs über Pommern

„Es gibt sie wirklich, diese uralten Plätze, die eine besondere Energie ausstrahlen. Wer es nicht glaubt, ist noch nie auf dem Martberg über Pommern an der Mosel gewesen. Ein magischer Ort mit über 2000 Jahren Geschichte.“

So beschreibt Carmen Sadowski, Journalistin aus Köln, ihren Eindruck von der Tempelanlage auf dem Pommerner Martberg. Und recht hat sie, besser kann man es kaum ausdrücken! Der Martberg übt eine faszinierende Anziehungskraft aus, der man sich schwer entziehen kann.
Die Tempelanlage Pommerner Martberg – ein Kulturdenkmal europäischen Ranges – ist die Rekonstruktion der gallo-römischen Tempelanlage, die vor über 2000 Jahren von den Römern aufgebaut und über 400 Jahre in 10 Bauphasen ausgebaut wurde. Ursprung ist jedoch eine keltische Siedlung, ein sogenanntes Oppidum – ein religiöses, politisches und wirtschaftliches Zentrum des Keltenstammes der Treverer, welches ca. 100 v. Chr. entstand. Von hier aus beherrschten die keltischen Fürsten das gesamte Gebiet der unteren Mosel. Dieses Oppidum eroberten die Römer auf ihrem Weg moselabwärts Richtung Rhein. Vorausschauend haben die Römer dieses Oppidum jedoch nicht zerstört, vielleicht um keine weiteren Feindschaften aufzubauen, vielleicht aber auch, weil sie die Magie dieses Ortes spürten. So haben sie diesen Ort erhalten und in römischer (Steinbau-)Weise ausgebaut. Römische Kultur wurde auf die der Kelten „aufgepfropft“ und so entstand hier die Doppelgottheit „Lenus-Mars“. Mars kennt man aus dem Geschichtsunterricht als römischen Kriegsgott, aber Lenus war bis dato vollkommen unbekannt. Die Erkenntnis über die Gottheit Lenus-Mars verdanken wir einem griechischen Kaufmann namens Tychikos. Dieser spendete zum Dank seiner Heilung von einer schweren Krankheit einen Weihestein. Auf diesem sind in lateinischer und griechischer Schrift die Dankesworte an die Gottheiten Lenus-Mars und seinem griechischen Pendant „Ares“ eingemeißelt. Auch zu dieser Zeit übte der Ort eine magische Anziehungskraft aus, wie zahlreiche Funde in den Opfergruben der Tempel beweisen.

Obwohl ich als Kind mit der Familie oft über den Martberg spazierte und „Römertöpfchen“ suchte und sammelte, so war uns allen die Bedeutung des Ortes nicht bewusst. Dies änderte sich, als die Deutsche Forschungsgemeinschaft mit einem Team um den Archäologen Dr. Thoma im Jahre 1994 eine Grabung startete. Dr. Thoma verstand es hervorragend, die Geschichte des Tempelberges anschaulich zu erläutern und wurde auch nie müde, die Pommerner Bürger über die Ergebnisse der Grabung zu informieren. Vielen Pommernern wurde so die einmalige Bedeutung des Martberges erstmals bewusst, und so haben sie die ganze Grabung überaus interessiert verfolgt. Aus diesem gemeinsamen Interesse entstand der „Förderverein Pommerner Martberg 1997 e.V.“, der es sich zum Ziel machte, diese einmalige Geschichte für die Zukunft erlebbar und begreifbar zu machen. Recht ambitionierte Ziele für eine Gemeinde mit 450 Einwohnern. Aber der Kreis der Unterstützer wuchs über unsere Region hinaus und so konnte, gemeinsam mit der Verbandsgemeinde (damals noch Treis-Karden), dem Kreis Cochem-Zell und der EU, die Rekonstruktion der Tempelanlage realisiert werden. Die Magie dieses Ortes war bei den Eröffnungsfeierlichkeiten am 29.04.2006 sehr deutlich zu sehen und zu spüren. Die Anreise der Ehrengäste wurde durch plötzlich eintretenden Schneefall erschwert, den man vom Martberg aus rundherum sehen konnte, nur auf dem Tempelberg selbst schien die Sonne und keine einzige Schneeflocke fiel auf die neu errichteten Gebäude.
180 Meter über der Mosel befindet sich dieser magische Ort, direkt am Moselsteig. Neben Teilen der Wandelhalle und einer kleinen Cella, die ein (wochenendbetriebenes) Café beherbergt, ist der Haupttempel mit seinen wunderschönen Innenbemalungen zu sehen.
An diesem Platz kann man wunderbar zur Ruhe kommen. Die tolle Aussicht, die Weite, die Klarheit, das Licht genießen. Auf dem Tafelberg herrscht noch heute eine ganz besondere Atmosphäre.

Hildegard Moritz

Empfehlung der Autorin:
Pommern (lateinisch: Pomaria = Obst/Früchtegarten) gehört zu den ältesten Weindörfern an der Mosel und liegt zwischen Cochem und Karden. Am 3. WE im September öffnen die Weingutshöfe und kredenzen ihren Wein mit Speisen beim Winzer-Hof-Fest.
Das Pfarrhaus (Spätgotik) mit Pfarrgarten zählt zu den schönsten im Bistum Trier. Eine Brücke führt zur Orgelempore der danebenliegenden Kirche.
Steinerne Winzerhäuser mit schönem Fachwerkgiebel und viele Fachwerkhäuser
Kurtrierisches Amtshaus mit steinernem Treppenturm
Wanderung von Pommern durch die Weinberge zum Martberg (mons martis)
Besichtigung des Innenraums des Lenus-Mars-Tempels mit z. B. seinen schönen Mänaden (weibliche Begleiter des Dionysos), Öffnungszeiten siehe Internet
Buchtipp: Dr. Wegener, Der Martberg bei Pommern an der Mosel

Quellen:
1)https://www.heimatjahrbuch-vulkaneifel.de/VT/hjb1986
2)wikipedia.org/wiki/Weinfelder_Maar.
3)Paul Weitershagen, Eifel und Mosel erzählen, Köln 1990, S. 19.
4)Rainer Schlundt, Sagen aus Rheinland-Pfalz, Köln 1983, S. 192-193

Empfehlung der Autorin:
Vulkanmuseen in Daun, Mendig, Mayen, Manderscheid und Strohn
Naturfreibäder am Gemündener und Schalkenmehrener Maar
Rundwanderungen um die drei Dauner Maare (Gemündener, Weinfelder, auch Totenmaar, und Schalkenmehrener Maar) im Natur- und UNESCO Geopark Vulkaneifel

Schinderhannes, der „Robin Hood des Hunsrücks" verbreitete einst Angst und Schrecken

„Das ist der Schinderhannes, der Lumpenhund, der Galgenstrick. Der Schrecken jedes Mannes und auch der Weiberstück." Das von Carl Zuckmayer gedichtete Lied über den berühmt-berüchtigten Räuber kennt im Hunsrück noch heute jedes Kind. Vor allem in der Gegend um Simmern soll sich der Schinderhannes Ende des 18. Jahrhunderts herumgetrieben haben. Der Verbrecher sorgte seinerzeit für viel Aufsehen und verbreitete Angst und Schrecken. Dennoch hat sich die Legende vom „Robin Hood des Hunsrücks" bis heute hartnäckig gehalten. Der Schinderhannes wurde trotz der grausamen Verbrechen, die er verübte, lange Zeit als Held verehrt. Populär wurde der Verbrecher nicht zuletzt durch die Verfilmung von Helmut Käutner mit Curd Jürgens in der Hauptrolle des Johannes Bückler (so hieß der Schinderhannes mit richtigem Namen) und Maria Schell als dessen Julchen. Im Jahr 1958, mehr als 150 Jahre nach seinem Tod, wurde der Spielfilm über das Leben des Räubers fürs Fernsehen gedreht. Einige Szenen spielen in dem kleinen Moselort Beilstein sowie auf der Weißmühle in der Gemarkung Mittelstrimmig. Dass die Dorfbewohner dort als Komparsen mitwirken durften, ist bis heute in stolzer Erinnerung geblieben.

Aber wer war der Schinderhannes nun wirklich?
Seinem heldenhaften Titel kann der historische Schinderhannes sicherlich nicht gerecht werden. Denn nichts anderes als Eigennutz trieb den Dieb und Mörder zu seinen Gräueltaten an. Dennoch lässt ihn das Image des gutherzigen Verbrechers bis heute nicht los. Als 15-Jähriger ging Johannes Bückler, genau wie sein Vater, bei einem Abdecker (Schinder) in die Lehre und erhielt deshalb den Beinamen „Schinderhannes". Schon früh begann Bücklers kriminelle Karriere. Seinem Meister soll er seinerzeit sechs Kalbfelle und eine Kuhhaut gestohlen haben. Um seiner gerechten Strafe zu entgehen, versteckte er sich im Wald, der fortan zu seinem Zuhause wurde. In Gesellschaft berüchtigter Verbrecher perfektionierte Johannes Bückler sein „Handwerk" und wurde schnell zum Anführer einer Räuberbande, die nicht nur klaute, sondern auch vor Morden nicht zurückschreckte.

Vor allem in den linksrheinischen Gebieten waren seinerzeit weder Mensch noch Tier vor ihm sicher. Nachts stahl er Tiere, meist Schafe, von Weiden und aus Ställen. Tagsüber versuchte er dann, die Beute bei verschiedenen Metzgern zu verkaufen. Immer wieder wurde Johannes Bückler geschnappt und ins Gefängnis gebracht. Einmal konnte er während der Verhandlungstage des Nachts über das Dach der Ratsstube, in der man ihn gefangen hielt, fliehen. Ein anderes Mal, so erzählt man sich, wurde schon am Tag seiner Inhaftierung im Arresthaus seine Flucht vermeldet.

Die kriminelle Bilanz des Schinderhannes ist recht beachtlich. In einem Zeitraum von nur sechs Jahren beging der Verbrecher nachweislich insgesamt 211 Straftaten vom einfachen Diebstahl über Raub und Erpressung bis hin zum Mord.

Trotz Angst vor dem Verbrecher brachten die Leute dem Schinderhannes zu Lebzeiten eine gewisse Bewunderung entgegen. Nicht zuletzt wohl auch deshalb, weil keine Gefängnismauer dick genug war, als dass er sie nicht hätte überwinden können. Selbst aus dem Turmgefängnis in Simmern konnte der Schinderhannes einst fliehen.

Beim Volk erlangte der Räuberhauptmann vor allem auch durch die Liaison mit Juliane (Julchen) Bläsius viel Sympathie. Julchen, die Schinderhannes im Jahr 1800 bei einer Tanzveranstaltung kennenlernte, begleitete den Räuber - meist in Männerkleidung - auf seinen Beutezügen und gebar ihm zwei Söhne, von denen der erste jedoch kurz nach der Geburt verstarb. Den zweiten Sohn brachte Julchen im Gefängnis zur Welt, kurz vor Johannes Bücklers Hinrichtung. Es wurde berichtet, dass sowohl die Verurteilung sowie die Hinrichtung des Schinderhannes Großereignisse waren. Um den Zuschauerandrang zu bewältigen, mussten sogar Eintrittskarten verkauft werden. Am 21.11.1803 fand Johannes Bückler unter der Guillotine in Mainz den Tod. Zu diesem Zeitpunkt war er gerade mal 25 Jahre alt.

Ulrike Platten-Wirtz

Quellen:
Lydia Becker, Johannes Bückler, in: Internetportal Rheinische Geschichte, abgerufen unter: http://www.rheinische-geschichte.lvr.de/Persoenlichkeiten/johannes-bueckler-/DE-2086/lido/57c58a6c1b8fd3.60387402 (abgerufen am 15.05.2021)
Johannes Nikolaus Becker, Actenmäßige Geschichte der Räuberbanden an beyden Ufern des Rheins, Köln 1804, Reprint Leipzig 1988.
Sonja Glaab, 2000 Jahre Mainz – Geschichte der Stadt digital

Empfehlung der Autorin:
Schinderhannesturm und Hunsrück-Museum in Simmern
Geheimtipp: Hängeseilbrücke in Mörsdorf, 360 m lange und 100 m hohe Fußgängerseilbrücke im Hunsrück

Abbildungen:
rechte Seite: Ausschnitt der Schinderhannes-Skulptur vor dem Turm, dem Schinderhannes Museum.
linke Seite: oben links: die Gesamtansicht der Schinderhannes-Skulptur, rechts daneben: Detail der Turmspitze, (Museum) Schinderhannes als Turmreiter

Gräfin Loretta von Sponheim-Starkenburg Eine Powerfrau des 14. Jahrhunderts (1300–1346)

Der bekannte Weinort Traben-Trarbach wird durch die Mosel zweigeteilt in Traben und Trarbach. Erst im Jahr 1898 wurde die erste Brücke über die Mosel gebaut, um die beiden Orte zu verbinden. Diese berühmten Weinorte nahmen um 1900 den zweitgrößten Weinhandelsplatz nach Bordeaux ein. Als 1912 der Luxusliner Titanic versank, kam der teuerste Wein von Traben-Trarbach. Der alte Bahnhof, wo sich heute die Tourist-Information befindet, zeigt noch die Pracht des Ortes. Traben-Trarbach war die erste Stadt im Deutschen Reich, die eine Straßenbeleuchtung hatte. Durch den Wein prosperierte sie und kann bis heute den Reichtum an einigen Stellen präsentieren.

Die Ruine Grevenburg im Stadtteil Trarbach ist von Weitem auf dem Felsen zu erkennen, auf dem Lorettawanderweg sieht man sie aus der Nähe. Die Grevenburg wurde von Johann III. von Sponheim, dem Sohn Lorettas, als Passfeste errichtet und 1734 von französischen Truppen fast vollständig zerstört. Louis Ravené, ein Eisenwarenhändler aus Berlin, wollte sie wieder aufbauen, doch die Bevölkerung widersetzte sich. Schließlich ging Ravené nach Cochem und baute dort die ebenfalls zerstörte Reichsburg wieder auf.

Von der Starkenburg, einst Sitz von Loretta und ihren Kindern, zeugt nur noch ein Torbogen von der Vergangenheit. Die Burg war Schauplatz der Gefangennahmen ihrer Widersacher.

Herrstein wurde zum ersten Wohnsitz von Loretta und ihrem Ehemann. Der Ort liegt im Hunsrück, circa 60 km von Cochem entfernt, und ist heute ein Kleinod. Im historischen Ortskern schmücken wunderschön restaurierte Fachwerkhäuser das Ortsbild.

Loretta wurde um 1300 als Tochter von Johann I. von Salm aus Lothringen und seiner Frau

Jeanne de Joinville/Jenville in den Vogesen geboren, sie wurde zweisprachig erzogen. Durch ständige Land- und Vermögensverluste, sinnlose, langwierige Fehden und leichtsinnige Schuldenmacherei verlor die Familie immer mehr Güter an den Bischof von Metz. Die Ländereien waren zum größten Teil verpfändet, und die Schulden wuchsen permanent an. Selbst die Mitgift, die in Raten ausgezahlt werden sollte, konnte der Vater nicht entrichten.

Als Jugendliche zwischen dem 16. und 18. Lebensjahr wurde die schöne Loretta mit dem älteren Heinrich von Sponheim (1290-1324) verheiratet. In der Burg Herrstein (Herestyn) wohnte sie vermutlich zunächst mit ihren drei Söhnen (Johann III., Gottfried und Heinrich). Die Burg gehörte den Grafen von Sponheim oder Spanheim. Die Legende erzählt, dass die Ritter aus diesem Geschlecht einen Span vom Kreuz Christi von ihren Kreuzzügen mitbrachten und sich daher der Name ableiten soll.[1]

Lorettas Ehemann Heinrich verstarb früh, somit war die junge Witwe gezwungen, die zersplitterten Territorien der hinteren und vorderen Grafschaft und die ihr übertragenen Besitzungen für ihre Söhne zusammenzuhalten. Ihr Schwiegervater Johann II. von Sponheim, der ihr sehr zugetan war und sie unterstützte, starb ein Jahr nach seinem Sohn. Er legte fest, dass Loretta bis zur Volljährigkeit ihres ältesten Sohnes Johann III. die Vormundschaft der Liegenschaften übernehmen sollte. Für diese Zeit recht ungewöhnlich, dass einer Frau diese Rechte zugesprochen werden sollten. Die Bevölkerung, doch vor allem der Adel und die Kirche, schüttelten den Kopf über diese Entscheidung ihres Schwiegervaters, dass eine Frau die Grafschaft regieren und verwalten sollte. In einer wirtschaftlich und politisch schwierigen Lage musste Loretta die Geschicke

leiten. Die damalige Zeit war von Hungersnöten, Missernten, hoher Kindersterblichkeit, Landflucht, horrenden Pachtabgaben und Unterdrückung durch die Besitzer geprägt. Fehden waren verbreitet, zum einen durch den Wildgrafen Friedrich von Kyrburg und zum anderen durch den Kurfürsten und Erzbischof Balduin. Durch ihre kluge und weitsichtige Vorgehensweise konnte Loretta die beiden Herren überlisten, was wie folgt beschrieben wird.

Eines Tages nahm sie den bösartigen Wildgrafen von Kyrburg und seinen Sohn gefangen, um ihn zu zwingen, dass er die Dorfbewohner nicht mehr malträtierte und zu immensen Abgaben herausforderte. Außerdem musste er ihr den Lehnseid schwören.

Eine wesentlich wichtigere Rolle im Leben Lorettas spielte der Erzbischof und Kurfürst Balduin/Baldewin von Luxemburg (1307–1354). Als dreijähriges Kind hatte er in einer Schlacht seinen Vater verloren, wuchs unter der Obhut seiner Mutter auf, wurde für den geistlichen Stand vorbereitet und ging sehr früh zur juristischen Fakultät nach Paris. Am Hofe des französischen Königs war er ein gern gesehener Gast und hatte eine gute Beziehung zum König. Im Alter von nur 17 Jahren wurde er Dompropst zu Trier, kurz danach empfing er in Poitiers die Weihe zum Priester und einen Tag später zum Bischof von einem der Päpste in Avignon.

Seine noble Abstammung, seine Bildung und sein Auftreten verhalfen ihm, schnell an privile-

gierte Ämter zu gelangen und seine Macht auszubauen. Sein Bruder, Kaiser Heinrich VII., unterstützte ihn bei seinen Vorhaben. Balduin baute als Erzbischof von Trier sein Kurfürstentum immer weiter aus, was die Sponheimer Grafenfamilie beunruhigte. Es war offensichtlich, dass nach dem Tode von Johann II. der Kurfürst seine Machtverhältnisse und sein territoriales Erzstift im Hunsrück und an der Mosel ausdehnen wollte. Zur Sicherheit und zur Verteidigung ließ er Trutzburgen konstruieren und erbauen. In der damaligen Zeit galt er als der mächtigste Reichsfürst.[2] Loretta sah darin eine große Bedrohung und Gefahr, da einige Burgen in ihrer unmittelbaren Nähe lagen. Deshalb ersann sie eine List, um ihren Widersacher in die Schranken zu weisen.

Den ahnungslosen Kirchenfürsten nahm sie bei einer Schiffsfahrt von Trier nach Koblenz fest. Eine starke Kette unter Wasser oder auch eine Umzingelung von Kähnen stoppten das Schiff von Balduin.[3]

Die Starkenburger waren natürlich in der Überzahl, und so musste sich der verblüffte Balduin ergeben. Das Reisegepäck durften die Knechte sich als Beute aufteilen. Für längere Zeit setzte Loretta seine Exzellenz bei guter Verpflegung auf der Starkenburg fest. Erst durch die Intervention seines Neffen, des damaligen Königs Johann von Böhmen, wurde ein Vertrag aufgesetzt, der den Verzicht Balduins auf die Besitzungen in Birkenfeld vorsah. Der König von Böhmen war maßgeblich am positiven Ausgang des Versöhnungsvertrages beteiligt. „Balduin und Loretta schließen für sich, ihre Nachfolger und Erben ein Bündnis, das sie zur gegenseitigen Hilfe gegen jedermann verpflichtet."[4] Durch eine Reise zum Papst Johann XXII. nach Avignon und einem Bußgang nach Trier leistete Loretta im Gegenzug Abbitte und Sühne. Balduin spricht in einem begleitenden Brief an den Papst von einem Missgeschick und bittet um Lossprechung vom Makel der Entkirchlichung und des Verrufs.[5] Der Papst zeigte sich sehr versöhnlich und großzügig und legte somit den Zwist am Ende bei. Der Kirchenfürst Balduin stand zu seinem Wort und allen schriftlichen Vereinbarungen.

Eine Liaison zwischen Loretta und Balduin wird den beiden nachgesagt, ist historisch jedoch nicht belegt.

Balduin wurde verpflichtet, auch ein Lösegeld für seine Freilassung zu entrichten, der Legende nach hat Loretta sich die Frauenburg im Hunsrück erbaut.

Am Fuß dieser Burg entstand gleichzeitig die Stadt Tal Frauenberg, die 1332 Stadtrechte erhielt. In dieser Frauenburg, der Name war für die damalige Zeit schon die reinste Provokation, verbrachte Loretta ihren Lebensabend, nicht wie ursprünglich vorgesehen, in Herrstein. Der jüngste Sohn von Loretta, Gottfried, erhielt 1347 das Burghaus zu Lehen. Heute ist nur noch der innere Burgbereich erhalten. 1346 verstarb die noch nicht 50-jährige Gräfin und wurde einst im Querschiff der Zisterzienserabtei Himmerod in der Eifel in der Familiengruft der Sponheim-Starkenburger beerdigt.[6] Das Hochgrab des Kurfürsten Balduin findet man im Dom zu Trier.

Martina Frenz

Quellen:
1) Informationstafel in Herrstein vor der Schlosskirche;
siehe auch: www.moselserver.de/naves-historia/grafen-von-sponheim
2) Erwin Schaaf, Herausragende Frauen im Mittelalter an der Mittelmosel. Gräfin Loretta von Sponheim-Starkenburg. In: Kreisjahrbuch, Landkreis Bernkastel-Wittlich 2021. S.131 und 132
3) Karl Hessel, Sagen und Geschichten des Moseltals. Bonn 1896
www.dilibri.de/rlb/content/structure/1100504, Nr. 91. Die Gräfin Lauretta von Sponheim-Starkenburg und Erzbischof Balduin, S.107
4) Heinrich Disselnkötter,Gräfin Loretta von Spanheim geborene von Salm. Ein Lebens- und Zeitbild aus dem 14. Jahrhundert. Bonn 1940. S. 72; 5)ebenda S. 95
6) Schnell und Steiner, Zisterzienserabtei Himmerod. Regensburg 2019, S. 4
Paul Weitershagen: Eifel und Mosel erzählen: Lauretta von Starkenburg. Köln 1990, S. 157 und 158
Marita Spang, Die Frauenburg. (Historienroman) München 2018
Informationstafeln in Herrstein und der Frauenburg

Empfehlung der Autorin:
Jugendstilhäuser der Belle Epoque, Hotel Bellevue
Info-Lorettastein mit der Gefangennahme des Kurfürsten Balduin, An der Mosel 78; Schiffs- und Radtour
Wandern Sie auf dem Moselsteig / Moselcamino (Pilgerweg mit Muschelzeichen) bzw. Lorettaweg und entdecken Sie die Ruine Grevenburg, die von Johann III., Lorettas ältestem Sohn, erbaut wurde; grandiose Ausblicke; Franzosen Klettersteig, sehr steiler Aufstieg zur Grevenburg Festung Mont Royal (1687–1698) unter der Herrschaft des französischen Königs Ludwig XIV. von dessen berühmten Baumeister für Festungsanlagen Vauban erbaut, Fläche 70 Fußballfelder, Franzosen zerstörten sie selbst, unterirdische Anlagen sind erhalten, Führung buchbar. In Traben-Trarbach findet ein besonderer Weihnachtsmarkt unterirdisch statt, die gesamte Altstadt ist unterkellert; Brückentor mit Café
Mittelmosel-Museum Barockvilla Böcking, www.mittelmosel-museum.de
Lauschtour-App herunterladen, interessanten Rundgang durch Traben-Trarbach hören

Karden und der heilige Castor

Carden, Schreibweise bis 1935, gehört zur Doppelgemeinde Treis-Karden, die durch die Mosel getrennt ist. Früher waren es zwei eigenständige Gemeinden, die 1969 zusammengelegt wurden. Um das Jahr 340 ist der Legende nach der heilige Castor aus Aquitanien nach Trier gekommen und wurde von Bischof Maximin zum Priester geweiht. Sein Wirkungsfeld fand er in Karden an der Mosel. Seine Predigten waren sehr gefragt, und so gewann er die ganze Region für den christlichen Glauben. Er lebte in einer Felsenhöhle in den Weinbergen über Karden. Viele Historiker zweifeln an seiner ärmlichen Bleibe in einer Höhle, aber im Gedenken an ihn wurde auf der Castorhöhle ein großes Kreuz aufgestellt. Dieses ist, da es in der Dunkelheit beleuchtet wird, schon von Weitem gut zu sehen.

Von diesem Felsen aus soll Castor die Schiffe, welche moselauf- und abwärts fuhren, gesegnet haben. Am Moselufer soll er einen Garten mit Blumen, Gemüse und Heilkräutern gehegt und gepflegt haben und zwar mit großem Stolz. Der heilige Castor pflanzte aus dem Süden stammende Pflanzen- und Kräutersorten an und erklärte die Saat den Moselanern. Aus den Heilkräutern stellte er Tees und Salben her und verteilte diese unter den Kranken. Eines Tages bat der Priester die Schiffer eines Salzschiffes um Salz, weil ihm dies ausgegangen war. Die Schiffer schleuderten ihm Schimpfwörter entgegen, nahmen ihn nicht ernst und belächelten seine Bitte um Salz. In diesem Moment zog ein starker Sturm auf, der das Boot gegen die Felsen drückte und zerbrechen ließ. Blitze zuckten in gespenstischer Art und Weise vom Himmel und schlugen in den Mastbaum ein, der in tausende Teile zerfiel. Der Himmel verfärbte sich dunkel, und die Menschen

hatten den Eindruck, dass die Welt unterging. In großer Sorge und Angst baten die Schiffer um Hilfe. Sankt Castor kniete demütig nieder und sprach ein Gebet. Er hob die Hände zum Himmel, der Wind legte sich augenblicklich, und das Schiff tauchte unversehrt aus der Mosel wieder auf. Dieses Wunder sprach sich unter den Schiffern schnell herum und so verehrten die Menschen den heiligen Castor in Karden seit mehreren Jahrhunderten. Sicherlich wäre es spannend festzustellen, ob diese Geschichte auch heute noch bei den Schiffern präsent ist.

Welche Bedeutung der heilige Castor für die katholische Kirche an der Mosel hat, zeigen verschiedene Hinweise. Die Reliquien des heiligen Castors wurden von Karden nach Koblenz gebracht, weil sich Bischof Wiomad von Trier im Jahr 762 davon mehr Macht versprach, und Koblenz schon damals wesentlich einflussreicher war als Karden.

So gibt es auch heute noch Zeugen von dem Machtstreit zwischen Karden und Koblenz um den heiligen Castor. Ein Gemälde im Stiftsmuseum in Karden zeigt die Geschichte mit dem Salzschiff, im Hintergrund ist die Kirche St. Castor in Karden zu sehen. Ein ähnliches Gemälde hängt erstaunlicherweise auch im Pfarrhaus in Koblenz. Ein auffallender Unterschied ist allerdings, dass sich auf diesem Gemälde im Hintergrund die Kirche von St. Castor zu Koblenz befindet. Hervorgerufen durch den intensiven Glauben des heiligen Castors entstanden in Karden sehr viele Kirchen zu Ehren dieses beeindruckenden Heiligen. Im Jahr 1183 wurde die größte und prächtigste Kirche errichtet, der Moseldom. Mit seinem Chor, der Apsis, den Flanktürmen, dem Querhaus und dem Glockenturm stellte dieses Gebäude sicherlich schon damals keine gewöhnliche

Pfarrkirche dar, sondern ein prächtiges, gigantisches Gotteshaus, das großen Eindruck machte. Während der Französischen Herrschaft von 1787–1815 wurden viele Kirchen an der Mosel zerstört. Nur die Pfarrkirche, in welcher sich der Taufstein befand, blieb unversehrt. In Karden war der Taufstein in der Pfarrkirche am Friedhof und nicht in der Stiftskirche (Moseldom) beheimatet. Die Legende sagt, dass die einheimischen Damen den französischen Soldaten den Kopf verdrehten und sie mit Moselwein betrunken machten. In dieser Zeit brachten die Männer den Taufstein in die Stiftskirche. Bis heute steht der Taufstein an diesem Ort und zwar unter dem Glockenturm. Von der alten Pfarrkirche ist heute lediglich der Turm erhalten.
Der Todestag des heiligen Castors im Jahr 379 gilt heute als Feiertag für das ganze Dorf. Jedes Jahr am 13. Februar wird eine heilige Messe gefeiert, und anschließend gibt es im Pfarrheim ein Mittagessen, welches von den heimischen Gastronomen gesponsert wird. Die Spenden, die von den Teilnehmern abgegeben werden, kommen der Kirche zugute.
Dem heiligen Castor wird übrigens auch nachgesagt, dass er neben dem christlichen Glauben auch den Buchsbaum nach Karden gebracht hat. Zwischen Karden und Müden befindet sich das größte und älteste, wild wachsende Buchsbaumgebiet nördlich der Alpen. Die Buchsbäume wachsen sehr langsam und deren Holz ist auch sehr hart. Aus diesem Grund wurden früher Werkzeuge damit hergestellt. Noch heute spalten die Winzer ihre Weiden mit Spaltern aus Buchsbaum. Der Buchsbaumwanderpfad ist Teil des Moselsteigs. Der Wanderweg führt an über 200 Jahre alten Buchsbäumen vorbei. Der Schulweg der Kinder von den Kardener Höfen, an den Buchsbäumen vorbei, durch die Weinberge, ist der gleiche Weg, den wohl auch der heilige Castor früher ging.
Die Kinder aus dem Dorf und den Höfen spielten früher oft in der Castorhöhle. Dort lag ein Buch, in welches sich jeder Besucher eintragen konnte. Leider ist die Zuwegung heute nicht mehr zu empfehlen. Die Gemeinde denkt neuerdings über einen neuen Rundweg nach. Die Winzer haben voller Stolz ihre Weinlagen „Castorhöhle" genannt.

Judith Bell

Quellen:
Aloys Fröhlich, Am Sagenborn der Heimat (1), bearbeitet von Robert Kraemer, Kaisersesch 1955.
Paul Boosfeld, Die Stiftskirche St. Castor Karden, Der Hochaltar, Backnang 2018, S. 18/19.
www.treis-karden-mosel.de

Empfehlung der Autorin:
Besuche der Stiftskirche zu Karden: Hier befindet sich der einzig vollständig erhaltene Tonschrein Europas, dessen Datierung um 1425 liegt. Sehenswert ist auch die dreimanualige Barockorgel. Um den „Dom" befindet sich der Stiftsbezirk mit dem Wohngebäude des Propstes, der ehemaligen Stiftsschule, Haus Dohmen, Burghaus sowie Stiftsmuseum.
- Am Feiertag Christi Himmelfahrt findet jedes Jahr eine Prozession mit dem Schiff statt.
- Buchsbaumwanderpfad

ST. CASTOR

Der Riese und der Einsiedler vom Treiser Schock

Der Schock, Hausberg von Treis an der Mosel, 426 Meter hoch auf der Hunsrück-Seite gelegen, war einst eine ziemlich ungemütliche Gegend. Vor langer Zeit, so wird erzählt, hat es dort einen Riesen gegeben, der in einer Erdhöhle hausend, sein Unwesen trieb. Den Hunnen soll er nach einer Niederlage in Gallien auf dem Hunsrück entwischt sein. Das muss im Jahr 451 unserer Zeitrechnung gewesen sein. Vor dem Höhleneingang waren mächtige Felsblöcke zu einer Mauer aufgetürmt. Der Riese war so groß und stark, dass er mit diesen Felsbrocken spielte, wie ein Kind mit einem Ball. Und wenn er eines Bauern gewahr wurde, der in der Nähe seine Felder bestellte, warf er diesem armen Tropf voller Zorn seine gewaltigen Steine hinterher.

Und damit nicht genug: Tagsüber ging er häufig auf die Jagd in den weitläufigen Wäldern des Schocks. Dann war es besser, man begegnete ihm nicht. Wenn doch, wurde man mit Gewalt gezwungen, an diesem wilden Treiben teilzunehmen. Von früh bis spät stolperte diese ungleiche Meute über Stock und Stein, raste bis zur Erschöpfung durchs dornige Dickicht dem Wild hinterher, immer an der Seite des Unholds mit seinen riesigen Schritten. Am Abend trieb er die Unglücklichen dann mit furchtbarem Gebrüll davon. Kein Wunder, dass sich von den Menschen aus der Gegend kaum noch einer wagte, den gefürchteten Schockwald zu betreten.

Am südlichen Hang dieses gemiedenen Berges aber lebte ein frommer Einsiedler, der sich so gar nicht von diesem Ungetüm einschüchtern ließ. Nicht, weil er so mutig gewesen wäre, sondern weil er mit Hilfe von 13 kleinen Steinchen quasi zum Antipoden des Riesen auf der anderen Bergseite wurde. Seine Steinchen hatten einen Glanz und ein Strahlen, welche den Riesen so blendeten, dass ihm nur noch die Flucht in seine Höhle blieb. Die schützende Wirkung dieser Steinchen sprach sich herum. Und so kam jeder, der unbeschadet über den Treiser Schock zur Mosel herunter wollte, zum Klausner, um sich einen solchen Talisman zu leihen.

Eines Tages entlieh der Einsiedler aber zwölf Männern zur gleichen Zeit ein Steinchen, so dass er nur noch eines übrig hatte. Und schließlich kam noch ein Junge aus dem Hunsrück zu ihm, der von ihm das letzte Wundersteinchen erflehte. Denn er musste unbedingt nach Treis, um Hilfe für seinen kranken Vater zu holen. Der Waldbruder erbarmte sich seiner und gab ihm das Steinchen. Der Junge machte sich auf den Weg, kam zitternd vor Angst zur Höhle des Riesen, der sich auch nicht lange bitten ließ. Schon wegen der zwölf Wanderer, die er hatte ziehen lassen müssen. Außer sich vor Zorn stürzte er hervor und schrie mit schrecklicher Stimme: „Auf zur Jagd!" Der Junge erschrak dermaßen, dass er seinen Talisman verlor. Er suchte lange, jedoch vergebens. Er fand den Stein nicht wieder. Wie ein waidwundes Tier zog sich der Riese überraschend in seine Höhle zurück. So konnte der Junge unbehelligt seinen Weg fortsetzen und Hilfe für seinen Vater holen. Als am Abend die zwölf Wanderer von der Mosel zurückkehrten, staunten sie nicht schlecht, dass so gar nichts von dem Riesen zu sehen war. Kurz nachdem sie dem Klausner seine Steine zurückgaben, kam auch bald der Junge. Er beichtete sein Missgeschick und berichtete ebenfalls, den Riesen nicht gesehen zu haben. Schnell wurde klar, dass der verlorene Stein den Riesen in seiner Höhle bannte und den Ausgang versperrte.
So weit, so gut. Niemand hat den Schreck des Treiser Schocks je wieder zu Gesicht bekommen. Aus Dank für die Befreiung von dem Riesen errichteten die Bewohner der Gegend gleich neben der Hütte des Waldbruders eine Kapelle und gaben ihr den Namen „Gotteshaus". An gleicher Stelle steht heute ein Bauernhof, bekannt auch als „Gotteshäuserhof". Um die Erinnerung an den Riesen wachzuhalten, vielleicht auch als Mahnung, wurde ebenfalls ein Bauernhof gebaut, der mit seinem Namen „Hunshäuserhof" an den Hünen, bzw. Riesen erinnern sollte.

Aber wer glaubt, die Sache mit dem Scheusal sei ein für alle Mal ausgestanden, der sei gewarnt: Wer das Steinchen vor der Höhle finden sollte und es gedankenlos aufhebt, wird den Riesen befreien. Und alles geht wieder von vorne los.

Cornelia Layaa-Laulhé

Quelle:
Aloys Frölich und O. Schell, In: Robert Kraemer, Am Sagenborn der Heimat (1), Kaiseresch 1955

Empfehlung der Autorin:
Wanderung vom Schulzentrum zum Schockkreuz, ca. 6,7 km hin und zurück
Die Treiser Burg und die Wildburg in Richtung Kloster Engelport sind seit dem Jahr 2021 im Besitz der Gemeinde Treis-Karden. Besichtigungen werden in der Saison vom Förderverein ermöglicht, Kontakt über www.treis-karden.de, unter dem Begriff Führungen erscheint auch der Förderverein „Burg Treis und Wildburg e.V.".

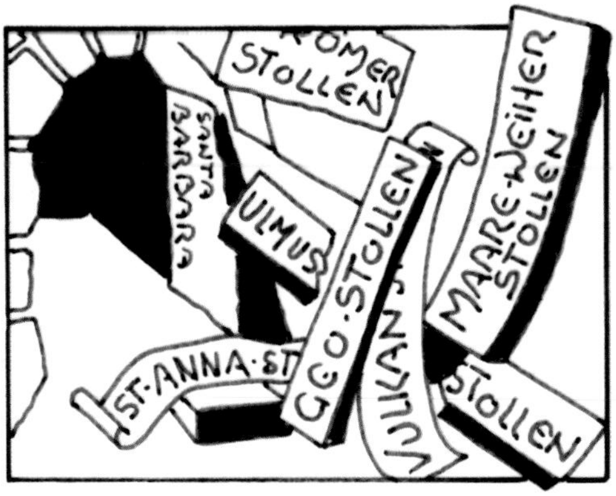

Auf der Suche nach einem neuen Namen für den „Römerstollen“

Die Erholungsstadt Ulmen trägt ihren Namen von der Baumart. 1074 wurde erstmals ein Hof Ulmen erwähnt.

Die Kreuzritterburg aus dem 11. Jahrhundert, ein Wahrzeichen des Ortes, war Wohnsitz von Ritter Heinrich von Ulmen Ende des 12., Anfang des 13. Jahrhunderts. Als Teilnehmer des 4. Kreuzzugs brachte er Reliquien und Kunstschätze von unschätzbarem Wert mit in die Heimat, die heute im Limburger Domschatz zu bewundern sind (siehe Beitrag Kloster Stuben).

Der Vulkanismus prägt Ulmen und seine Umgebung. Die Stadt kann sich rühmen, sowohl das älteste als auch das jüngste Maar der Eifel in seinem Ortsbereich zu beherbergen. Neuste Erkenntnisse haben jedoch ergeben, dass es fraglich ist, ob der Ulmener Jungferweiher das älteste Maar der Eifel ist. Der Jungferweiher, geologisch mehr als 130.000 Jahre alt und der größte Vulkankrater der Eifel, diente in früheren Jahrhunderten als Fischteich für den Burgherren, trocknete später aus und wurde 1942 durch Aufstauen des Nollenbachs geflutet, um den Wasserstand im Ulmener Maar zu regulieren. Das Ulmener Maar, der jüngste Vulkan Deutschlands (ca. 11.000 Jahre), ist vom Jungferweiher durch seinen Tuffwall getrennt, über den die Autobahn-Trasse der A 48 verläuft.

Zwischen beiden Gewässern wurde eine Verbindung durch den Tuffwall geschaffen, der im Volksmund der „Römerstollen“ genannt wurde.

Eine Fachgruppe der Universität Trier unter der Leitung von Dr. Peter Pfeiffer, bestehend aus Archäologen, Historikern und Geoarchäologen, untersuchte den Stollen interdisziplinär und konnte beweisen, dass dieser Tunnel nicht aus römischer Zeit stammt.[1] Aufgrund bautechnischer Untersuchungen konnte die Entstehungszeit in das Hochmittelalter (ca. 1200) datiert werden. Gleichzeitig wurde ein weiterer Stollen am südlichen Ende des Maares unterhalb der Burg untersucht und die frappierende Entdeckung gemacht, dass es sich bei den beiden Stollen um eine zusammenhängende wasserwirtschaftliche Großanlage handelt, die Zu- und Abfluss so-

© GesundLand Vulkaneifel | D. Ketz

wohl des Jungferweihers als auch des Ulmener Maares reguliert. Eine solche Anlage ist nördlich der Alpen einmalig. Ursprünglich zur Wasserregulierung im Zusammenhang mit dem mittelalterlichen Mühlenbetrieb gebaut, nivellieren die Stollen auch heute noch die Wasserstände. Das Ulmener Maar ist ein wichtiger Trinkwasserlieferant und versorgt ca. 30.000 Bewohner der Umgebung.[2]

In den 1980er-Jahren wurde der Nord-Stollen aus Sicherheitsgründen zugeschüttet bzw. mit Zäunen und Betonwänden unzugänglich gemacht. Doch bereits vor rund zehn Jahren erkannte die Stadt Ulmen das Potenzial des Stollens, sowohl für den Tourismus als auch für geologisch-vulkanologische Forschungen. Man ließ ein Gutachten erstellen, um die Finanzierung und die Möglichkeiten der technischen Umsetzung für eine Wiedereröffnung zu klären. Viel Geld muss die Stadt in die Hand nehmen, um durch die Verbindung einen touristisch adäquaten Zugang zum historischen Stadtkern zu realisieren. Zudem verläuft der Stollen „mitten durch einen Vulkan", die geologischen Gesteinsschichten sind hier deutlich erkennbar und machen den Vulkanismus anschaulich und begreifbarer. Auch ein Ausstellungsraum soll den Werdegang der Entwicklung demonstrieren und Informationstafeln sollen auf die Besonderheit dieses Verbindungsstollens hinweisen. Zusätzlich sind Wanderwege und Aussichtsplattformen geplant. Als Rastplatz für Zugvögel steht der Jungferweiher unter Naturschutz und ist für Ornithologen eine wichtige Beobachtungsstätte. Es gilt daher, auch Fauna und Flora bei diesem Bauvorhaben zu schützen und ein nachhaltiges Vorgehen im Blick zu behalten.

Bis dahin bleibt noch etwas Zeit, um einen passenden Namen für dieses einmalige Bauprojekt zu finden (wie wär`s z. B. mit Geostollen, Maare-Weiher-Stollen, Vulkanstollen, Ulmus Stollen, St. Anna Stollen …)

Dr. Josefa Klötsch

© GesundLand Vulkaneifel | D. Ketz

Anmerkung:
Kurz vor Drucklegung fiel die Entscheidung: der zukünftige Name lautet Ulmener Maarstollen.

Quellen:

1)Zeitungsartikel, die uns von der Verbandsgemeinde Ulmen zur Verfügung gestellt wurden:
Mal sehen, ob's hält: Stollen am Maar untersucht. Rheinzeitung Nr. 192, 19.08.2017
Mit ausreichender finanzieller Unterstützung könnte die Stadt Ulmen den Verbindungsstollen öffnen! Ausgabe 48/2017
Gelingt der Ausbau des Verbindungsstollens? Ausgabe 261/10.11.2018
Der Römerstollen braucht einen neuen Namen. Wissenschaftler rücken eine mittelalterliche Tunnelanlage in ein neues Licht. Dr. Peter Pfeiffer/Forschung und Lehre /18.06.2015
2)Infomaterial Natur und Geopark Vulkaneifel, „Highlights entlang der deutschen Vulkanstrasse", „Die Maare der Vulkaneifel und ihre Entstehung".

Empfehlung der Autorin:
Natur- und Vogelschutzgebiete, seltene Fauna und Flora um das Ulmener Maar; Antonius-Kreuz-Kapelle; Hexen und Halunken-Wanderweg mit Infotafeln rund um Ulmen; Die kleine und die große Acht-Wanderwege; Bienenlehrpfad; Tuffwand mit Informationstafeln zum jüngsten Vulkan Deutschlands unterhalb der Kirche St. Matthias bis zum Friedhof in Ulmen

Die Hexe aus Meiserich/ Ulmen

Martin von Cochem, ein großer Gegner der Hexenverfolgung, befreite eine Hexe aus Meiserich nahe Ulmen.
Martin (1634 – 1712) war ein schlichter Kapuzinerpater, ein wortgewandter Prediger und schreibgewandter Volksschriftsteller. Er war der Sohn des Hutmachers Matthias Linius und trat mit 18 Jahren in das Kapuzinerkloster seiner Heimatstadt Cochem ein. Dieser Martin von Cochem ging oft auf Missionsreisen und kehrte, bei jeder sich bietenden Gelegenheit, an die geliebte Mosel zurück. Um sich von den strapaziösen Reisen zu erholen, ging er auf Verwandtschaftsbesuch zu einer Tante in die Eifel. Dort erfuhr er, dass ein 17-jähriges Mädchen aus Meiserich, in der Nähe von Ulmen, im Turm zu Daun im Kerker saß. Das Mädchen arbeitete fleißig bei einem Bauern und sollte angeblich seine Milchkühe verhext haben. Irgendjemand hatte ihr die Hexerei angehängt und daraufhin wurde die Magd in Haft genommen, gefoltert und von ihr ein Geständnis unter Höllenqualen erpresst. Doch gleich darauf habe sie das Geständnis widerrufen. Pater Martin stellte Nachforschungen an, um diesem Unsinn ein Ende zu bereiten. Der Jesuit und Moraltheologe Friedrich von Spee (1592 – 1635) hatte versucht, dem Hexenwahn entgegen zu wirken, doch die alten Riten und Bräuche waren lange Zeit in der Bevölkerung sehr verwurzelt. Martin erhoffte sich Hilfe vom Stadtpfarrer in Daun, doch weit gefehlt. Selbst der Pfarrer war dem Aberglauben verfallen und sagte keine Unterstützung und Hilfe zu. Da er den Kerkerschlüssel zum Turm besaß, begleitete er Martin dorthin und schloss auf. Im finsteren Verlies in einer stinkenden Zelle lag ein bildhübsches, junges Mädchen, gezeichnet von Haft und Folter. Zunächst hatte sie kein Vertrauen zu dem Pfaffen, doch nach und nach erzählte sie ihm ihre Geschichte. Als Halbwaise kam sie als Magd zu dem Bauern, wo sie der schwachsinnige Sohn des Bauern bedrängte und grobe Annäherungsversuche unternahm, derer sie sich vehement wehrte.

Zudem kam, dass eine Kuh des Bauern eine Fehlgeburt erlitt und die Milch sich rot färbte. Das konnte nicht mit rechten Dingen zugehen, also musste eine Schuldige her, und das war folglich die junge Magd, die angeblich mit dem Teufel im Bunde stand.
Soweit die Geschichte des Mädchens, aber wie sollte er sie retten. Der listige Martin dachte sich etwas aus. Die Pfarrhauskatze steckte er in einen Sack, schlich sich über Umwege zum Gefängnis und befreite das Mädchen. Sein Kollege hatte ihm den Schlüssel überlassen, was natürlich eine große Hilfe war. Aber warum die Katze im Sack? Diese tauschte er im Verließ gegen das Mädchen ein, damit die Wärter im Glauben sein sollten, dass das hübsche junge Ding sich in eine Katze verwandelt hätte. Der Aberglaube musste in diesem Fall umgesetzt werden, ohne ein schlechtes Gewissen zu haben, denn es ging hier um ein Menschenleben. Tatsächlich kam ein Wärter am nächsten Morgen in die Zelle, um dem Mädchen Wasser und Brot zu bringen. Doch anstatt des Mädchens lag auf dem Boden ein Sack, den er öffnete. Eine fauchende Katze sprang ihm ins Gesicht und zerkratzte ihm heftig Gesicht und Hände. Der Zauberspuk war also gelungen. Die Katze suchte das Weite und kam in ihre wohlverdiente Freiheit. Verdächtigt wurde der Kapuzinerpater nicht, denn so etwas traute man ihm nicht zu.
Martin brachte das Mädchen zunächst zu einer Tante in die Eifel und am nächsten Tag zu seinen Eltern nach Cochem. Später fand die Magd Unterschlupf bei einer befreundeten Apothekerfamilie in Mainz. Ein glückliches Happy End gab es auch noch bei dieser Geschichte, denn die junge Frau verliebte sich in einen Apotheker in Frankfurt und heiratete ihn. Zeitlebens dankte sie Martin für seinen Einsatz und die Befreiung und ließ ihm und dem Orden der Kapuziner, Zuwendungen zukommen. Auf dem Totenbett erzählte Martin seinem Beichtvater von dieser Aktion. Dieser soll geschmunzelt und ihm selbstverständlich die Absolution erteilt haben.

Der Dominikanermönch Heinrich Kramer (um 1430-1505) verfasste ein systematisches Handbuch mit dem Titel Malleus maleficarum, der Hexenhammer, der zunächst nur in lateinischer Sprache erschien und sich an die Gelehrten richten sollte. Das Buch behandelte den Ursprung der Hexerei, deren Auswirkungen und ihre Bekämpfung. Es wurde bald übersetzt und zum Bestseller mit 29 Auflagen. In diesem Hexenhammer beschreibt der Inquisitor Kramer, dass Frauen leichter verführbar waren und der Satan ihnen magische Kräfte verlieh. Diese nutzten sie, um den Menschen Schaden zuzufügen. An allem waren die Hexen Schuld, so an Fehlgeburten, tödlichen Krankheiten, Viehsterben, Seuchen und dem Verlust von Hab und Gut.
Außerdem waren Frauen für die Versorgung von Kindern und Kranken zuständig, ihre Ressorts waren Heilung und Pflege, und folglich entschieden sie über Leben oder Tod. Von 1560 bis 1650 setzte eine Klimaverschlechterung ein, die zu Hungersnöten und sozialen Spannungen führte. Nach neueren Erkenntnissen wurden Hexen als Zauberinnen des Wetters gesehen. Trat kein gutes Wetter für die Bauern ein, wurde ihnen dies zum Verhängnis. Dieses klimatische Phänomen war gleichzeitig die verheerendste Zeit der Hexenverfolgung.
Um 1560 begann die Hexenverfolgung in Mitteleuropa. Prof. Dr. Johannes Dillinger schreibt in seinem Artikel über „Hexenglauben und Hexenangst existieren bis heute“, dass die Anklagen und Vorwürfe nicht von der katholischen Kirche ausgingen, sondern vom einfachen Volk, den Bauern. Dillinger spricht von 80 % Frauen, die Opfer der Verfolgung waren. Neid, Missgunst, Bereicherung, ein sonderbares Verhalten oder Aussehen führten oft dazu, einen Sündenbock zu finden. Auf sonderbare Anschuldigungen folgten Verhöre, die eine qualvolle Folter begleiteten, Geständnisse erpressten und zum Todesurteil führten. Geständnisse wurden oft widerrufen und dann wiederholte sich die Prozedur der Folter aufs Neue. Verbrennungen waren damals eine

öffentliche Vorgabe, damit die Schuld von der Seele vor aller Augen verbrannt wurde. Zwischen 1581 und 1599 kam es zu vielen Hexenprozessen im Erzbistum Trier unter dem Kurfürsten Johann von Schöneberg. 368 Personen in der Umgebung von Trier kamen bei Hexenprozessen zu Tode. Das Buch von Josefine Wittenbecher, Tödliche Feuer: Der Fall Dietrich Flade beschreibt diese gruselige Zeit in Trier sehr deutlich.
Während des 30-jährigen Krieges (1618-1648) gab es durch die politischen Umstürze sehr viel Unsicherheit in der Bevölkerung in Deutschland. Hexenverfolgungen waren an der unteren und mittleren Mosel voll in Gange.

Martina Frenz

Quellen:
Robert Kraemer, Am Sagenborn der Heimat (4), Kaisersesch 1957, S. 19 -23 und S. 14-15.
Josefine Wittenbecher, Tödliche Feuer, Der Fall Dietrich Flade.
Josefine Wittenbecher, Feuer am Fluß – Der Fall Eva Zeihen.
Prof. Dr. Erwin Schaaf, Frauen als Zauberinnen und Hexen, Vom mittelalterlichen Volksaberglauben zum neuzeitlichen Hexenwahn an der Mosel. In: Kreisjahrbuch Bernkastel-Wittlich 2021, S. 133 ff.
Prof. Dr. Johannes Dillinger, Hexenglaube und Hexenangst existieren bis heute, In: Kompakt (Zeitung) vom 03. April 2021.
Terra X, Hexenjagd, Film.

Empfehlung der Autorin:
Hexen und Halunken-Rundwanderweg in Ulmen (8 km). Informationstafeln geben Eindrücke.
Meiserich, Filialkirche mit hölzerner Pietà und Muttergottes mit Jesuskind aus dem 15. Jahrhundert

Sagenumwobene Weine - die Zeller Schwarze Katz

Die Mosel ist eine der schönsten und spektakulärsten Weinkulturlandschaften Europas. Besonders die Rieslingrebe bringt auf dem mineralischen Schieferverwitterungsboden herrlich feinfruchtige Weine mit einer lebendigen Fruchtsäure hervor, die Weltruf genießen. Jeder Weinort von Perl bis Koblenz hat seine besonderen Weinlagen, die dem Wein nicht nur seine geschmackliche Individualität verleihen, sondern auch eine Differenzierung für den Weingenießer ermöglichen. Heute gibt es an der Mosel sechs Bereiche (Obermosel, Saar, Ruwer, Moseltor, Bernkastel und Burg Cochem), 19 Großlagen und 520 einzelne Lagen. Vor der Novellierung des deutschen Weingesetzes 1971 gab es fast dreimal so viele einzelne Weinlagen. Manches Mal wiederholten sich die Namen der Weinlagen wie Sonnenuhr, Rosenberg, Rotlay, Klosterberg, Brauneberg ... dies führt selbst bei Kennern der Weinszene schon mal zu Verwechslungen. Um dies zu vermeiden, erfand man im 19. Jahrhundert klangvolle Namen für die Weine einer bestimmten Region und natürlich eine schöne Geschichte dazu. Schon damals erkannten unsere Vorfahren, wie wichtig gutes Marketing ist. Denn ein guter Wein lässt sich mit einer lustigen, interessanten Geschichte noch einmal so gut verkaufen. Und da aller guten Dinge drei sind, ranken sich auch um die „Zeller Schwarze Katz“ drei Legenden. Eine Geschichte geht auf eine Erzählung des Jahres 1863 zurück. Damals war es noch nicht üblich, dass der Wein im Weingut selbst in Flaschen abgefüllt wurde. Vielmehr wurde der Wein am Fass probiert und die vollen Fuderfässer[1] dann auf Fuhrwerke und Schiffe verladen und in die Kellereien der großen Städte gebracht, wo er dann abgefüllt wurde. So auch in diesem Fall: drei Weinhändler aus Aachen waren in den Weinkellern der Zeller Winzer unterwegs, um herauszufinden, welcher Wein der beste sei. Am Ende einer langen Verkostungsreihe konnte man sich nicht zwischen drei Fässern entscheiden. Als der Winzer erneut eine Probe aus einem Fuderfass zapfen wollte, sprang die schwarze Hauskatze auf eines der Fässer, machte ein Buckel und fauchte den Winzer an, als dieser dem Fass zu nahekam. Dies sahen die Kaufleute als Zeichen an, dass in diesem Fass wohl der beste Wein gelagert sei. Fortan wurde der Wein der Zeller Winzer als „Zeller Schwarze Katz“ vermarktet.

Eine zweite Geschichte handelt von einem frommen Winzer, der eines Nachts aus einem Alb-traum erwachte, dass böse Mächte seinen Wein verderben wollten. Er ging in den Keller und sah den leibhaftigen Satan mit seiner schwarzen Hauskatze kämpfen, die das Weinfass verteidigte. Sie vertrieb den Satan auf Nimmerwiedersehen. Der Katze zum Dank wurde der Wein aus den bekannten Weinlagen „Kapertchen“ und „Petersborn“ in „Schwarze Katz“ umbenannt. Die dritte Legende besagt, dass eine schwarze Katze den Weinberg eines Winzers zu ihrem Revier erkoren hatte und sich Tag und Nacht dort herumtrieb. Dies war so auffallend, dass die Leute diese Weinbergslage nur noch mit der schwarzen Katze in Verbindung brachten und fortan nicht mehr sagten „wir gehen in den Weinberg“, sondern „mia jinn zo dea schwatz Katz“ (wir gehen zu der schwarzen Katze).
Egal nun, welche der drei Geschichten Ursprung der Namensgebung war, hat doch dieser außergewöhnliche Name dazu beigetragen, den guten Wein der Zeller Winzer noch besser zu vermarkten und diesen über die Grenzen unserer Region bekannt zu machen.

Hildegard Moritz

1)Fuder ist die Bezeichnung der an der Mosel üblichen Holzfässer in runder, bauchiger Form, die aus Eichenholz gefertigt sind und ca. 1.000 Liter fassen.

Empfehlung der Autorin:
Die Katzenpfoten der Zeller Schwarzen Katz befinden sich auf dem Boden; am Rathaus beginnt die 3 km lange Wanderung durch die Stadt Zell. Im Heimatmuseum läuft ein Kurzfilm zu der Überlieferung und der Geschichte der Stadt.
Wanderungen auf dem Mosel-Saar-Hunsrück-Steig
Pissamann Weinlehrpfad durch die Weinberge von Merl mit 15 Infotafeln über den Weinbau
Kanonenbahn Rundwanderung: Parkplätze unterhalb der Marienburg-Kanonenbahn (historische Eisenbahnstrecke mit dem längsten Hangviadukt Europas) – Marienburg - Prinzenkopfturm
Unterhalb der Marienburg befindet sich auch ein Weinlehrpfad mit Infotafeln.
Im Rathaus gibt es einen Lichtsensorikraum, dort können Sie an einer außergewöhnlichen Weinprobe teilnehmen. Probieren Sie sechs Mal den gleichen Wein im Wechselspiel der Farben.

Wie kommen Baumriesen nach Treis?

Kurz vor dem Treiser Schock, einer 426 Meter hohen bewaldeten Bergkuppe, steht seit 2021 mitten im Wald eine 31-köpfige Ansammlung junger Setzlinge, zuerst durch gelochte, hölzerne Hüllen geschützt, die mittlerweile durch Gitterdraht ersetzt wurden. Wo kommen die her? Was ist ihre Geschichte?
Mit biologisch geschultem Auge könnte es gelingen, in diesen etwas sperrigen Baumschutzhüllen Baumsetzlinge der Gattung Sequoiadendron giganteum zu erkennen. Sequo … was? Sequoiadendron giganteum sind Mammutbäume, doch was haben diese kommenden Baumriesen im Treiser Wald verloren? Fragen über Fragen, die mit der Geschichte von Soroptimist International verknüpft sind und die auch mit ihr beantwortet werden können:

Mit den Bäumen fing alles an … denn ‚Save the Redwoods' war das allererste soroptimistische Projekt weltweit. Der erste soroptimistische Club, 1921 von 80 Frauen aus Wirtschaft und Gesellschaft in Oakland (Kalifornien) gegründet, setzte sich für den Erhalt der legendären, jahrhundertealten Redwood-Bäume ein, die zu den höchsten Bäumen der Welt zählen.
Warum Bäume den ersten Soroptimistinnen wichtiger waren als Themen aus dem sozialen oder frauenrechtlichen Spektrum, wissen wir heute nicht mehr. Vielleicht hat es damit zu tun, dass Oakland (übersetzt: Eichenland) den Baum bereits im Namen und auch im Stadtwappen trägt, und die Bedeutung von Bäumen für das ökologische Gleichgewicht hier frühzeitig erkannt wurde. Mag auch sein, dass der erste soroptimistische Frauenclub auf eine sichtbare Fehlentwicklung reagierte, die sich genau zu dieser Zeit genau an dieser Stelle abspielte und bereits einige angesehene Bewohner der Region mobilisiert hatte.

Tatsache ist jedenfalls, dass um 1921 herum der Bestand an Küstenmammutbäumen in den Wäldern der Region durch Holzeinschlag dramatisch zurückgegangen war. Die ‚Redwoods' galten als „rotes Gold". Mit dem Holz eines Baumes konnte man mehrere Dutzend Häuser bauen und auch

die aufkommende Industrie des 19. Jahrhunderts nutzte bereits den alten Baumbestand für ihre Zwecke. Bäume, die zu den größten der Welt zählen und bis zu 2000 Jahre alt werden können, wurden für die Industrie und den Hausbau weiträumig abgeholzt, als würden sie wie Bambus in kürzester Zeit nachwachsen. Insgesamt sind dort 95 % des Waldbestands verloren gegangen.
Gemeinsam mit weiteren neu entstehenden soroptimistischen Clubs in Kalifornien, schaffte es der erste Soroptimist International Club, das Bewusstsein für den Wert des Erhalts dieser Bäume zu schärfen. Ihnen ist in Zusammenarbeit mit anderen Organisationen gelungen, die noch stehenden Redwoods für die kommenden Generationen zu retten, so dass schließlich in den 1920er-Jahren Parks entstehen konnten, die 1968 in Kalifornien zum Redwood National Park zusammengelegt wurden. Damals wie heute sind die Bäume für die Menschen überlebenswichtig und Teil des ökologischen Kreislaufs.
Doch ging es den Soroptimistinnen von 1921 um den reinen Erhalt eines gewachsenen, teils uralten Baumbestands, so stehen Soroptimistinnen heute, 100 Jahre später, vor den Auswirkungen einer großen Palette ökologisch wirksamer Irrtümer und industrieller Fehlentwicklungen der Vergangenheit, die den Baumbestand multiplex geschädigt und vernichtet haben.
Seit vielen Jahren wissen wir vom sich verschärfenden Klimawandel, vom Baum- und Waldsterben, von den ökologisch bedenklichen Mono-Baumkulturen, vom Abholzen des Urwalds, von den durch den Klimawandel ausgelösten, großflächigen Waldbränden und dem auf der Kippe stehenden ökologischen Gleichgewicht.
Angesichts dieser Entwicklungen wollten Soroptimistinnen 2021 zum 100-jährigen Jubiläum von Soroptimist International deshalb nicht nur an diese mutigen ersten Soroptimistinnen in Kalifornien erinnern, sondern gleichzeitig deren Idee in die Zukunft führen. Auch für uns sind Bäume heute das Symbol zum Überleben der Menschheit.
Wieder gemeinsam neue resistente Bäume zu pflanzen, ist das Ziel der Aktion #PlantTrees, die von Soroptimist International 2021 ins Leben gerufen wurde. Mit der Pflanzung ungezählter

neuer Bäume arbeiten Soroptimistinnen international vernetzt in vielen Ländern mit daran, die Vielfalt und Widerstandsfähigkeit in den Baumbestand zurückzubringen, die die Natur ursprünglich und von sich aus geschaffen hatte. Viele deutsche Soroptimist Clubs haben sich an dieser Aktion beteiligt und so auch der Club Cochem/Mosel.
Mitglieder des Clubs haben im Jahr 2021 im Treiser Wald zusammen mit der deutschen Präsidentin von Soroptimist International und mit Hilfe von Revierleiter Hans-Josef Bleser 31 Mammutbäume gepflanzt, die wohl noch einige Jahre in ihren Schutzhüllen auf ihre Zukunft als respektabler Mammutbaum vorbereitet werden.
Warum 31 Baumriesen? Das ist ganz einfach erklärt: 2021 hatte der SI-Club Cochem/Mosel 30 Mitglieder, also für jedes Mitglied einen Riesen und einen zusätzlichen für die 2021 amtierende Deutschland-Präsidentin von Soroptimist International, Dr. Renate Tewaag, die als Mitwirkende der Aktion den 31. Mammutsetzling hier im Treiser Wald sogar selbst gepflanzt hat.

Baumpflanzaktionen treffen ins Herz und führen uns zurück zu den Wurzeln, denn wir stehen nicht neben der Natur, sondern sind ein Teil von ihr, und wir können nur miteinander überleben. Nehmen wir andere mit auf unsere Reise in eine lebenswerte Zukunft und schenken unserer Umwelt und uns mehr Atemzüge. Das ist die Geschichte der Baumriesen im Treiser Wald.

Dr. Madeleine Durand-Noll

Soroptimist International (SI) eine weltweite Stimme für Frauen - ist eine der weltweit größten Service-Organisationen berufstätiger Frauen mit gesellschaftspolitischem Engagement. SI engagiert sich im Netzwerk aller Mitglieder sowie durch internationale Partnerschaften und tritt ein für:

- die Menschenrechte
- weltweiten Frieden und internationale Verständigung
- verantwortliches Handeln
- Vielfalt und Freundschaft

Mit seinem weltweiten Netzwerk bietet SI den Mitgliedern ein Forum für den Austausch von Wissen und Erfahrungen. Bei den monatlichen Clubtreffen stehen Vorträge und Diskussionen zu gesellschaftspolitischen Themen im Mittelpunkt. Bei Clubtreffen und privaten Begegnungen entwickeln sich Freundschaften, die Soroptimistinnen ein Leben lang pflegen – weltweit und ganz nah.
Der Name „Soroptimist“ ist abgeleitet vom lateinischen „sorores optimae“ und bedeutet so viel wie „beste Schwestern“. Die Mitglieder verstehen dies als Maßstab für ihr eigenes Verhalten im Leben und Beruf.

Foto: Baumpflanzung im Treiser Schock, von li.: Revierleiter Hans-Josef Bleser; Cornelia Layaa-Laulhé, Dr. Josefa Klötsch, Präsidentin SI-Club Cochem/Mosel 2020-2022; Dr. Renate Tewaag, Präsidentin SI-Deutschland 2019-2021